champion 1 冠軍

求職總冠軍

潘恆旭

目錄

啊！原來人生不過如此！

鄭淑敏

我在文建會主委任內認識潘恒旭，當時（現在可能還是）跑文化藝術的記者都很年輕，立法委員的助理們不但年輕，有很多與記者走得很近，因此在立法委員質詢期間，常可以看到年輕的面孔進進出出，讓人分不清楚哪些是記者，哪些是立委助理，小潘便是其中看起來兩者都像的一個。我對他產生特別印象，是有一天屏東縣立委郭廷才送了一束花到我辦公室慰問我的「苦難」，那是很大一束的白色香水百合，很漂亮，只是我無論如何都無法把它和與文建會交集不多的郭廷才委員聯在一起，輾轉得知是他的助理潘恒旭代送的，不得不佩服他的天才創意，不久便聽說他到自由時報當記者了。

小潘從什麼時候稱我為師父，我記不得。他是那種有什麼想法便會迫不及待地說給我聽，或乾脆一天e-mail給我幾次的小朋友。我因為自己不愛教書，對年輕朋友便以個體的方式，抱著「友直、友諒、友多聞」的信念，有問必答，這期間倒也不是他想請教師父，而是他有許多想法要發表，找個不會對他客套的人說。幾年互動下來，我發現我從他身上得到不少啓發，有時候我甚至覺得在回應他所代表的E世代的思考或信念時，我的「仁義禮智溫良恭儉」真的非常婆婆媽媽。被晚輩稱為師父，原來就是註定要認知自己的世代終將被挑戰。

好在我是屬於那種徹底承認長江後浪推前浪的「長輩」。

「E」世代成長於被影音傳播巨大影響的年代，因此人生價值觀與行事風格都迥異於上一輩。根據調查，在閱讀報紙版面上，最受他們歡迎的排行是娛樂影劇新聞，如果因此讓多數的他們認為「好玩」是生活中很重要的一部分，便說明了他們在人生嘗試中，多變、善變與勇往直前是多麼的理所當然。

恆旭把這些年來他的求職經驗寫出，他最大的特點是了解自己的優點與缺點，然後以強化優點和坦白缺點來面對自己和別人，當然有人也許會覺得他自己所強化的優點被誇張了，我想這是時下對自己有信心的年輕人的特色，他們要別人立刻看到優勢，失敗的教訓當然會記取，但更重要的是也把失敗的教訓轉變成另一種優勢，再次出發。恆旭幾次對我說，不如意或難過的時候哭一哭就好了，第二天又有新的事物吸引他去衝刺，這很像小說《飄》裡的郝思嘉，家園毀了，女兒死了，丈夫離去，哭得柔腸寸斷，然後想起哭也沒用，明天又是需要有精神對付的一天。

是的，就是這種不認輸，再接再厲的勇氣，使年輕人的世界充滿了無限的可能。我常鼓勵恆旭想嘗試就去嘗試，趁生命沒有他人要負擔，沒有了不起的責任要扛，就到處去闖闖看，去見識見識，光是能腳步輕盈，行囊簡便，隨遇隨喜，就需要許多的獨立精神。

在本書裡恆旭描述了他的成長經歷。這個生長在南台灣鄉下小孩，在世俗眼中是個十足的怪胎。他的成長過程不容易，可貴的是他並沒有自哀自憐，或膽怯畏縮，我除了說他在性格上有特殊的恩賜外，實在想不到誰能對他有這麼正面的影響，書中恆旭說他讀了很多雜書，我們也可以這樣假設，他的良師益友們都藏在他所讀過的書中呢！

三十二歲生日，恆旭把他的禮物與社會分享，特別寫關於求職的故事來與同樣處在求職困境的年輕人分享，我便利用這序也祝福年輕朋友求職的路上一帆風順，如果不是，那我更要說，每個人都有自己的人生定位，有自己在這個世界上的特殊使命，萬一事事遭遇難題，一定要樂觀而平心靜氣地去努力尋找。成功的定義各式各樣，成就沒有一定的模式，生命非常狡詐，你無法馴服它，只能順應它，不過沒有什麼好怕的，等你們都活到我這個年紀，就自然會說：啊！原來人生不過如此！

祝恆旭三十二歲生日快樂

祝所有年輕朋友日日是好日

（本文作者為中國電視公司董事長）

潘恆旭和黑鮪魚

孫大偉

潘恆旭，我們習慣稱呼他小潘，屏東來台北討生活的小孩。

如果我沒有算錯，高中畢業，我離開屏東北上的那年，他出生在屏東靠海的漁村——東港。

東港近幾年因為炒作黑鮪魚季，所以在全省的可見度大為提高。其實，黑鮪魚不是近幾年才出現，而是長久以來就有，只是，以前的人們，缺乏專門捕撈技術，並且也沒有品嘗能力與財力。

於是，每當東港的漁船走運抓到黑鮪魚，就有日本商社的人員出面當場標走，冷藏裝箱，空運回日本。滿足日本人對南方海洋的無盡遐想與思念。

小潘和黑鮪魚有什麼關係?!在我眼裡，他們不只是同鄉，還有許多地方神似。

我指的不是他們同樣微黑而發亮的腦門或是皮膚，或是圓滾結實、充滿動能的體態，而是他以往在鄉里的懷才不遇，卻在近幾年開始在北邊的異鄉大放異彩。

小潘懷的才是什麼?他在書中自謙說是一張能言的嘴和一枝生花的筆！其實，他真正憑藉的差異，是他內在想要出人頭地的慾望，和不怕艱難，愈挫愈勇的內心。

旺盛的企圖心加上積極的對事態度，就是他不斷衝刺的洶湧動力。對他來說，世上沒有難做到的事，只是想不想做而已。

在台北傳播領域這樣一個用競爭激烈已不足以形容的競技場裡，小潘從遙遠的南方一路游來，速度很快，讓有一些不明究裡的人眼花，也讓一些守成的人不快，但是，同時他也博得了許多人的喝采。

不論外界對小潘的評價是褒是貶，我相信小潘是有頻頻揮出安打的特異功能！不過，我也時常提醒他，連續的安打，才能得分致勝。因為是南部來的小孩，我想他應該能聽懂棒球的這個粗淺道理。

這樣說話，有點訓人式的老氣橫秋，那是因為小潘找我寫序，不是為了聽甜言蜜語，他也清楚地知道，我在他這個年紀，還在高雄成天只知道飲酒作樂，或是海邊釣魚！

小潘，繼續加油！不要停止。

（本文作者為汎太國際執行顧問）

日昇之屋

國中時聽過一首西洋歌《日昇之屋》，英語課本裡也有個故事：一對兄妹，黃昏時看見另一山巔上有座屋子，金光燦爛，閃閃動人，像黃金打造般，遠方的紅霞裡藏著希望，跟再平凡也不過的自己家比，遙遠的日昇之屋才是幸福的角落，於是有一天，兄妹倆踏上追尋之路。走著走著，天要黑了，兄妹倆又飢又渴又累腳又酸，前方的黃金之屋，看起來怎麼有點黑漆漆，當他們停下腳步，開始想家，轉身回頭，那遠遠的原來以為平凡的家裡，卻有著溫暖的燈火，是天空下熊熊的火炬，是唯一的歸宿，兄妹倆想……嗯……該回家了，媽媽一定煮了香噴噴的晚餐，等我們回家。

這首歌的旋律與故事的意境很早就深植我心裡，我小時也曾自我逃避，恨自己，厭自己，但經過自我尋找，我更加確定愛自己，做自己。我從不諱言我是個再平凡也不過的人，但平凡的我，經過一些努力，這些年，在工作職場上，有著還不錯的表現，從一個大學沒畢業，英文不通，電腦不會的毛頭小子，變成縱橫職場、求職的常勝軍，你問我當中有何祕訣？就像國際影后張曼玉被人問到她談戀愛有何祕訣，張曼玉說：「不，沒有祕訣這回事，只有靠用心。」

從我一九九四年十一月考進奧美廣告直到今年二〇〇二年一月離開上個工作，在職場的七個年頭，我的朋友總用光速來形容我的變化，於是我今年上半年想給自己放大假，到處旅行。今年六月我在泰國帕岸島參加full moon party(月圓派對)，數千來自歐洲的青年人在沙灘上、月圓下，迎風跳舞，在沙灘舞會裡我遇到一個新加坡的朋友，他有留英學歷，卻失業了半年，這次來帕岸島散心，一待就一個月，每天就是喝酒、跳舞、發呆……

那天晚上我們在海邊聊了許多，為了幫他加油打氣，我把我的一些求職故事說給他聽，他聽了後覺得不可思議，他希望我把我的求職經歷寫下來，因為高失業率是現在各國面臨的嚴重問題，他答應我，他回新加坡後會積極找工作，我答應他我回台灣後會立刻寫。就是這樣的約定，是這本書的緣起。

寫這本書的另一個意義是我即將度過三十二歲生日，我是跟哈利波特同一天出生的，七月三十一日，四年前的生日前夕，我在聯合文學副社長初安民初大哥邀請下，寫了我的第一本書《霹靂小子玩創意》，四年後初大哥創辦了印刻出版公司，霹靂小子長大了，於是我這書，除是自己送給自己的生日禮物外，也是給初大哥印刻創業的小禮物。

我很感謝我一路走來遇到的每個朋友、長輩、工作夥伴，我身上若有神奇力量，其實電力是來自你們的磁場。

給每個想要找工作的朋友：像小潘這麼平凡都可以，你一定也可以。

給失業的朋友：歡迎寫信到我的信箱henghsupan@yahoo.com.tw，我會幫你加油打氣。

我將捐出一百萬元做台灣青年創意創業提案大賽，我也會結合一批職場專家展開求職巡迴演講，希望台灣的年輕人大家都找到喜歡的工作。當然這本書的出版，若能降低一點台灣的失業率，那我就覺得更棒了！

小潘和他三個分身
——湯姆、彼得、哈利波特

有沒有聽過一首卡通歌曲叫《湯姆歷險記》，歌詞是林家慶寫的：

有一個孩子名字叫湯姆
他是一個聰明勇敢的孩子
在大自然裡東奔西跑
他淘氣 他頑皮 心地善良
湯姆 湯姆 富有夢想
湯姆 湯姆 充滿活力
為追求理想不怕冒險
為了幫助朋友不怕困難
在大自然裡東奔西跑
他淘氣 他頑皮 心地善良
湯姆 湯姆 多勇敢

我小時超愛這首歌，覺得把這首歌的湯姆，改成恆旭就對了。湯姆不是功課棒的好學生，但是天真、好玩，有點調皮，喜歡跟朋友流浪冒險，常有奇幻之旅，搭乘熱汽球、飛行船，偷搭輪船，自己做木筏橫越密西西比河……。所以我小時候的英文名字叫湯姆。

第一份工作在外商公司，為了讓外國人清楚記得我而改叫peter。彼得潘，小飛俠。加上我個頭小，走路快，真是健步如飛。在哈利波特流行的現在，我的朋友偶然得知我跟哈利

波特是同一天生日，獅子座七月三十一日生，
我又多了一個綽號叫哈利波特。不管是湯姆，
彼得潘，還是哈利波特，其實都是同一個人。

一個懂得
在幸福來臨之前，
先跟孤獨寂寞做好友，
在幸福來的時候，
要跟珍惜做朋友，
在幸福離開之後，
要跟祝福相依為命的，
簡單的平凡人。

關於人生，我想說，其實魔法來自用心，

來自勇敢追尋。
小潘，湯姆，彼得潘，哈利波特都是勇敢
家族的成員ㄡ，歡迎你也加入。

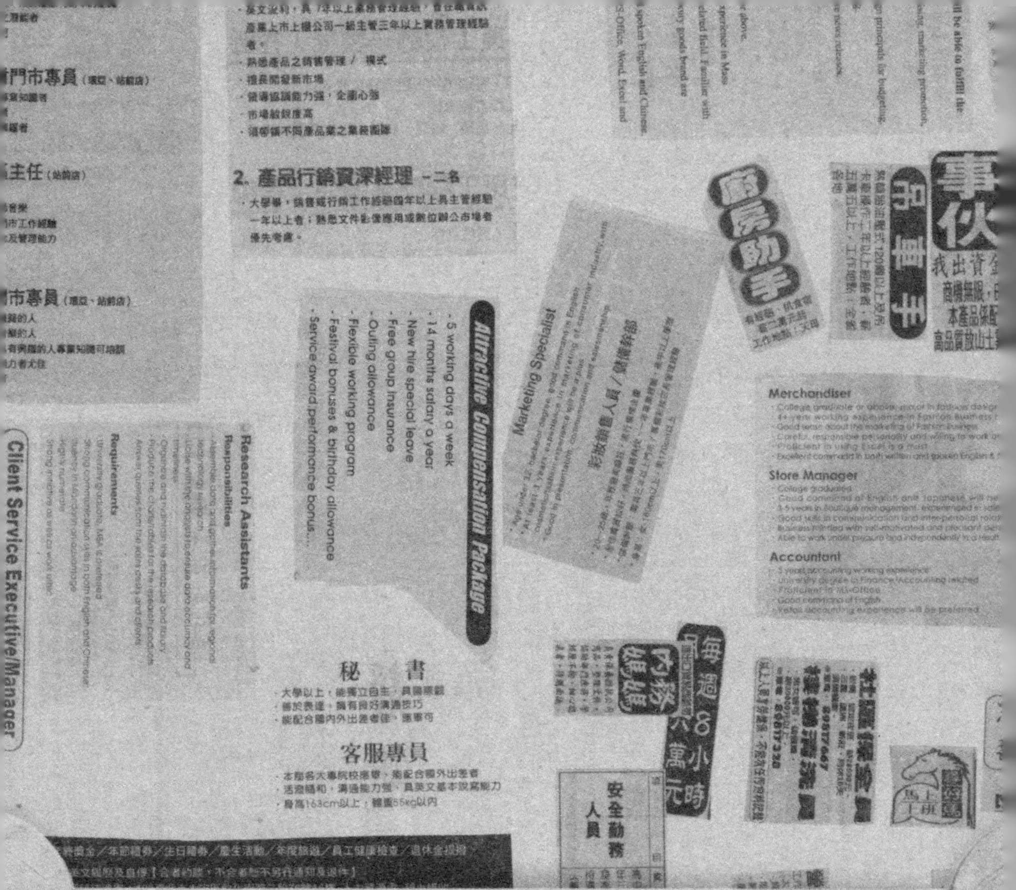
2. 產品行銷資深經理 －二名
Attractive Compensation Package
5 working days a week
14 months salary a year
New hire special leave
Free group insurance
Outing allowance
Flexible working program
Festival bonuses & birthday allowance
Service award,performance bonus...
Research Assistants
Client Service Executive/Manager
Marketing Specialist
Merchandiser
Store Manager
Accountant
秘書
客服專員
安全勤務人員
廚房助手

醜小鴨變獵鷹

我始終相信其實上天是公平的，不管是上帝創造了這個世界，或是盤古開天闢地，或是女媧造人。祂用各種的泥土或陶土去塑造每一個人，每一個人自己身體裡都蘊藏有祕密武器，應該去發掘深耕找出最厲害的寶貝。只要你能夠找到這個你一生賴以維繫的獨家之寶，那麼一生就有一個漂亮的說法。我把這個符號當作是我一生的生命密碼，人生的過程其實就在尋找這個解碼啊！就像牧羊少年的奇幻之旅，不是待在原地放羊吃草，而是逐水草而居，勇敢地向前走吧。

我長得不高，才一百六十多公分，然後臉又圓圓的、頭又大大的，根本不可能跟「帥哥」兩個字扯上邊，更不可能跟「壯男」畫上等號。所以我們沒有辦法靠臉蛋吸引別人的目光，因為根本沒有美色可言；更不可能靠身材來取勝，因為實在是天生一副五短身材。小時候，我真的可以說是一個再平凡也不過的人了。我還記得我媽媽說，我剛出生的時候，因為頭特別地大，醫生告訴她說：「你可能生了一個智障兒或白癡！」我又是媽媽生的最後一胎，於是我媽媽因此，難過得大哭了三天三夜。

很小的時候，我大概就很清楚地知道，我好像比別人容易想得多。容易想得多，也就越是古靈精怪、調皮搗蛋，常常會做一些常人看來很奇怪的事。所以包括像是，看到媽媽的化妝盒，我就會把裡面的口紅拿來塗指甲、畫花臉，或是把口紅當作蠟筆拿來畫畫，或是拿媽媽的粉底當作水彩調色盤在牆上作畫。當然這樣的行徑最後的下場，免不了都是換來一頓毒打來收尾。

不過你看到現在職場上的我，覺得我是一隻都市叢林職場上的獅子王，或是翱翔在天空中、雄霸工作領域的老鷹，但在我很小很小的時候，我卻是一隻不折不扣的醜小鴨。可是醜小鴨怎麼會變成老鷹的呢？鴨跟鷹可是完全截然不同的生物啊！但是別忘了，就是我說的：「是要找到自己的祕密武器！」我覺得，像我這樣的一隻醜小鴨也可以出頭天，其實也可以說是另外一種「台灣奇蹟」。一個曾經像我這麼平凡、像我這麼卑微，再普通不過的一個人，怎麼可以在若干年後，變成一個有自信、勇敢追夢、善於找工作，或能夠稱之為職場總冠軍的一個人。

我覺得除了是幸運之神的眷顧，還有我各式各樣很奇怪的際遇之外，我覺得其實，我只不過是最早最早了解到自己；最早最早知道自己的缺點。知道自己的缺點之後，並不需要急於去掩蓋自己的缺點，而是更要專心執著發揚自個兒的優點。

所以小時候雖然我知道我的腿短、我跳不高，當我在跟同學打籃球的時候，我就倚靠我的三分神射，跟他們互別苗頭。

你知道當年那些韓國隊打籃球的球員，動不動就是一百九十幾公分，可是他們有一個三分球國寶射手叫「李亨淑」，一個遠射射手叫「車良淑」，他們也是長得矮矮的，卻屢次小兵立大功。另外一個日本隊打籃球，長得很高的大巨人「岡山恭崇」卻足足有兩百三十二公分。所以我就知道說，如果我長得矮，我就應該靠勤練三分神射去得分，而不是去，跟像城牆一樣的巨人爭奪籃板球。

19版

我沒有因為我的身高矮就放棄了籃球，或在球場上只能坐冷板凳無法得分，反而常常跟哥哥、哥哥的同學在打籃球的時候，站在遠遠的外圍，用精準的三分球遠射去得分，而不是在那裡哀怨自己搶不到籃板球。

找出自己的祕密武器

我一定要找對自己的祕密武器，做自己擅長的事情。我小時候，那是一個推行書櫃代替酒櫃的時代，所以我們家也有一套，時報出版社出的「中國歷代經典寶庫」，這套書裡有許多白話文學，如：西遊記、紅樓夢、三國演義……。其實我沒有一本一本都看完，可是我想到的時候就會看一下，多半是跳著看，所以很多人都以為我看完了整套書。另外，我當時也很愛看時報周刊的漫畫連載，我非常喜歡看中國民間故事的漫畫，這兩樣養分奠定我，所以我在很小很小的時候，我就知道我是一個除了會哭哭啼啼之外，我跟鄰居的小朋友在一起的時候，我是一個會講話的會說故事的小朋友，於是講故事這件事情，就是我的祕密武器之一。

其實我小時候也算是一個神童耶，而這個神童是怎麼練就出來的呢？我記得我在讀幼稚園的時候，一個偶然的機會裡我得到了畢業生致答詞的機會，「幼稚園的畢業生致答詞」在一般人聽來好像沒有什麼了不得，但對一個年僅六歲的小朋友，要叫他乖乖站好，還要一字不漏背完五百多字的講稿，已經是天大的挑戰了。畢業典禮那天，我的爺爺家人都到場來為我加油打氣，而我也不負眾望流利地背完了，五百多字的畢業生致答詞。但這五百多字的畢業生致答詞，可是我媽媽用棍子伺候著我，硬在四小時之內背出來的，真可以說是不打不成器！

當我站在台上朗朗上口的時候，我也忘了我是花了四個小時的努力跟練習，我媽跟我說，我並不是從小生下來就比一般人聰明，背那短短的五百個字，我可是花了四個鐘頭才背完。我現在想起了六歲時曾經發生過的事情，我就知道「笨一點的人可以多一點努力；多一點聰明的人可以更努力。」

這個世界其實是公平的，怎麼說呢？就好比——祂讓我的腿短，可是讓我的舌頭長，不是說道人八卦的舌頭長，而是說祂讓我靈巧。我在很小的時候，我就找到了我的獨門致命武器，就像在武俠小說裡的百器譜——如意老人最厲害的是他的如意棒，李探花最厲害的是他的小李飛刀，段譽最厲害的是他的一陽指，西毒歐陽鋒有蛤蟆功。

在百器譜裡，每個人只要練就一門，獨門武器或獨門絕招，就可以在江湖上有一席之地。而我的獨門絕招大概就是我能言善道、能提筆疾書。所以這樣說來，其實我有兩個祕密武器耶！就像是李那吒的兩個風火輪一樣，讓我無往不利。

親戚都是老師真悲哀

我國小國中時真是悲慘世界，我的親戚有許多是學校老師，舅媽、舅舅、阿姨、姨丈……。當時我唸的是屏東東港的東隆國小，很慘的是，很多老師都是我的親戚，於是我就這樣活在充滿著老師親戚的學校中求學。你要知道，老師親戚最可怕的地方是，只要你的功課不好，還沒有回到家的時候，你做老師的親戚，早就向你媽媽通風報信，說你考試考不好；當然相對的，如果你表現很好或得了什麼獎，當你還沒回到家去打開電視看小甜甜、看無敵鐵金剛的時候，家裡也會收到第一線消息，而給你個鼓勵什麼的。

可是壓力也是來自於這裡，跟我的哥哥姐姐比起來，我根本不能算是一個好學生，因為不知道為什麼，我總是對數學有非常大的恐懼，對自然科學非常排斥，生物理化這些科目更是我天大的噩夢。但是我對國文，或者是社會學科卻很在行，背地理、歷史一點也都難不倒我，可是公民與道德，這種離我太遙遠的東西，成績當然也是可見一般。國文、地理、歷史可以算是我最喜歡的三個科目。

上了國中，我的理解能力，似乎沒有因為年齡的增長而有所遞增，依舊是國文、歷史、地理很好，數學很慘，物理、化學更是可怕。如果我沒有記錯的話，物理、化學這兩科，似乎從來沒有豬羊變色過，永遠維持一路滿江紅，然後我的英文呢？也可以說是破得可以的！我的英文要稱得上是流利的階段，已經是二十幾年後了。我國中時的英文，也可以說是出奇地差，不管請了多少英文老師當家教，來惡補我的英文，我的英文能力還是不見起色，依然回天乏術、無可救藥的爛。

25 版

老天爺故意讓我第一名

我的哥哥姊姊常考全校第一名，但我從未考試得第一。但我卻有一項本領不只全校，更是全鎮第一名。我知道，那會是我今生的光……

小時候，我就知道「會說」和「會寫」這兩樣是我很不錯的。我要講的是說，從小到大，我最喜歡上的就是作文課。當時每班都要推派一個代表出來參加作文比賽，當時班上作文寫得最好的女生，竟然意外地生病了，所以不克參加作文比賽，我的國小老師就順理成章的，給了作文第二強的我這個機會。沒想到，我第一次參加作文比賽拿到第一名的路，竟是因為別人生病而意外得到的，這大概也算是老天注定的因緣巧合吧！

恰如防諜飛飛飛

那個年代的作文題目，最愛出的就是「如何保密防諜」、「如何孝順父母」，這類教化人心的題材。記得我第一次，代表學校去參加作文比賽的時候，就是寫「如何保密防諜」。當時在參加完作文比賽後，學校公布成績的方式是，把作文比賽有得名次的作品，一一貼在我每天下課時都會經過的走廊的佈告欄上。於是乎，每天我只要下課鈴聲一響，我就會隨著下課鈴聲，伴隨著迫不及待的心情，叮叮咚咚、叮叮咚咚地飛奔到放學時，會經過的走廊的佈告欄前，看看我的作品有沒有得名，是不是被貼在佈告欄上面。

隨著時間一天一天、一節一節過去了，終於讓我盼到，在某一天下午的一堂下課後，看到全校作文比賽得獎作品的蹤跡。他們一開始從佳作貼起，再來是第三名、第二名，最後才將第一名貼上。我從佳作一路看到第二名，原本以為是落榜了，沒想到竟然在五年級組第一名

27版

的欄位裡，出現了我的名字，那可能是我從小到大，有史以來最快樂的一天，那時心裡真的是很開心，因為那是我第一次得獎，也是因為那是我第一次證實了，原來我不是什麼都不會的笨小孩。

通常我們都是在朝會的時候頒獎，當司令台上的擴音器傳來「全校作文比賽，五年級組第一名，五年丁班潘恆旭，請上台領獎」時，我就在全校同學的掌聲中，從我矮個子專屬的隊伍最後一排，跑上台領獎。在排隊的時候，我總是排在最後一排，但在教室時，我總是坐在最前面一排，從小到大，能跟我比矮的，好像寥寥無幾。就這樣我得到了生命中的，第一次第一名；這個第一名，帶給我的滋味是非常甜美的。我依稀記得，我領到獎狀，慢慢跑回去隊伍的時候，我跑得很快，我好像很想回到那個隊伍中，可是其實我感受到人群的掌聲，是拖曳得很長很長很長的。對我來說那是我生命中的第一名，也是我從小到大，第一次被肯定。

神童般的境遇

被肯定的感覺很好，而我知道，我是因為寫了一篇「如何保密防諜」的文章，才得到了這個第一名，才得到了這個肯定。這個得到全校作文比賽第一名的經驗，讓我的印象非常深刻，它讓我知道，原來，像我這樣一個長不高的小朋友，可以靠一枝筆，寫出很多很多的希望。因為我有了第一名的經驗，在我國小六年級的時候，老師又給了我再一次的機會，代表班上去參加全校作文比賽。好死不死的，參加全校作文比賽，我又得了第一名。

得了六年級組的全校作文比賽第一名，可以代表學校去參加全東港區的作文比賽。我記得當時我的訓導主任，騎摩托車載著我，去參加全東港區的作文比賽，後來又奇蹟似地拿到了第一名。連續得到三次第一名之後，在讀國小六年級的我，就開始覺得，也許我數學不好，可是寫文章這件事情，好像可以讓我這一生受到肯定。那一年我十二

29版

歲，十二歲時拿到第一名的感覺，實在是很甜美。雖然這個第一名，不是學業成績上的第一名，而只是我的一個祕密武器——作文第一名。可是我在想，這或許就是我這一輩子的，獨門武功、獨家祕方。

寫作如同氧氣

我拿到東港區的國小作文比賽第一名，這還不是我拿到作文比賽第一名的最高境界。我上了國中之後，其實跟我國小的生活沒多大改變，唯一不同的，是我在國中當老師的親戚，比在國小當老師的親戚，數量更多。我的阿姨在教生物，我的舅舅在教體育，我的舅媽也在教體育……而且都在我讀的東港國中任教。我的表哥、表弟、表妹，也很多都是，大家口中的好學生。我記得我有一個表姐，都是考全班和全校第一名的雙料冠軍，你就可以知道，我的壓力有何等地大。國中三年裡頭，我除了國文以外的科目都乏善可陳，我的不寫作業全校知名。

為什麼會全校聞名？因為我只要一不寫作業，我的那些親朋好友，就都會知道，然後主動地，向我的爸媽回報。我就常常因為不愛寫作業，而被我爸媽以藤條伺候。有次我被我爸爸打到掃把都斷掉，但倔

31版

強的我，就是一滴眼淚也不流。

說也奇怪，可能是因為我國小，參加作文比賽得第一名的經驗，為我奠下了基礎，多了幾分勝算，讓我在國中時，參加作文比賽時也常常拿到第一名。倒也不表示每一次都第一名，但總是十拿九穩。國中時，我拿過三次全校作文比賽第一名，出去參加比賽，也拿過兩次東港區的作文比賽第一名。後來，越寫越寫也就修練成精了，每一次上作文課的時候，也是我一個禮拜最快樂的時候。老師出的題目裡頭，我總是覺得，我可以盡情地發揮，那堂課，像是我一個禮拜中，最重要的一堂課。常常有時候，因為要月考作文被取消，我就會覺得悵然若失。

找到屬於自己的箭頭

從現在的角度來看，如果你真的要說，一個人必須在很小的時候，去奠定他的基礎，我覺得我在國小國中的階段裡頭，我最大的自信是來自於建立我對文字的運用：對於一個題材，或一個指定的題目，要如何去發揮得淋漓盡致。因為我們都知道，作文通常都只有一個題目的，可是歷來的考試裡頭，面對同一個題目，我就會用不同於別人的思考模式去思考要怎麼寫。而且，我會去揣摩，大部分的同學會怎麼寫它，而我就偏偏會，反其道而行地去寫。

所以我覺得，這個作文對我來講，很重要的是，它訓練了我，從小標新立異的習慣，然後它訓練了我，與衆不同的思維，更重要的是，它讓我知道，什麼叫作策略。回頭看，我小時候成長的這些歷程裡頭，其實我覺得，我從小到大正在做的一件事情，一直到我今年三十二歲，這三十幾年來，我一以貫之的都是在耕耘一件事情，就是獨立

33 版

的思考。

這就是我覺得，一個人在找工作時，只要在這三百六十行裡頭，選定了一件你一直在做，而且擅長的事情，然後你就頭也不回地，一直往前跑往前衝，努力地去耕耘。花園裡你最喜歡的那朵花，好好地讓它綻放，讓它有朝一日能成為花魁，讓它成為花中之王，千千萬萬不要，東一朵花也漂亮，西一朵花也漂亮，或是去用你最弱的東西，來迎接挑戰。

我從小就很知道自己的長處，像是作文或是演講，所以「說」跟「寫」這是我非常引以為傲的，也是我認為，我唯一比較能跟別人競爭的地方。我不會去跟人家比物理、化學或數學，而且我的數學是大零蛋。在我很小的時候，我就把這些，我不擅長的東西都放棄了，所以我算是一個，從小就很清楚知道，我要什麼的人。我會知道我要什麼，不可或缺的，也是經過一些摸索跟鍛鍊，甚或一些考驗。

哇，只差四分滿分耶！

與其說，我能夠要什麼，還不如說是，我就只能往那個方向去奔跑。這個東西，對我在後來做廣告、做創意，也有非常深遠的影響。

我在高中的時候作文也很棒喔！我還記得，我大學聯考的作文，還是全國最高標呢！滿分四十分的作文裡頭，我拿了三十六分。考大學時，我跟我媽說我一定要唸國立大學。可是我功課很差啊，要怎麼樣才能順利地，被錄取進入國立大學就讀呢？於是我想到了這個方法：用很差的學科加很強的術科，於是我選擇去考國立藝術學院。

我第一次去考國立藝術學院時，不幸鎩羽而歸，雖然術科考得不錯，但學科加術科總合的成績，就是離錄取的門檻還差了一點點。第二次去考國立藝術學院時，術科拿到很高分，於是，術科拿到第一順位，學科是第三十二順位，加起來平均後，是以第十六順位，考進了國立藝術學院的戲劇系。

我靠作文得獎，也靠作文坐上了大學殿堂的寶座，「作文就是我的祕密武器。」早在國中以前，就開始體悟到我的作文能力很好，但是光靠作文能力很好，是沒有辦法讓我如願以償考上高中的。我的高中聯考就考了兩次，我也曾經當過國四英雄，在補習班闖蕩過。而且，我當時去的補習班，就是現在總統府的副秘書長——陳哲男，以前在高雄開的文昌補習班。我在文昌補習班時，考運都還算蠻好的，陳哲男先生，還請我到國賓飯店吃西式自助餐呢！我當國四英雄的日子，並沒有如願考上第一志願高雄中學，反而名落前三志願外，最後沒學校可唸，只好進了高雄私立的「道明中學」。

大無畏精神

好像我歷來得了很多獎都是跟語文類有關的，在補習班時我們也有很多競賽。我們有一個出歷史考題的老師，聲音非常地好聽，他辦了一個「古文朗誦比賽」，我也拔得頭籌。我一直以來都不是靠什麼正規的科目得獎的，我從來沒有因為考數學、考自然分數很高得獎過。我都是靠這些不學無術的雜耍團技倆，所以我對我這些雜耍團的部分還蠻有信心的。我在道明中學時，還做了件有違倫常、驚天動地的事情，就是聯合其他同學，罷免我們高一的班導師。我就是那種在體制裡會反骨，會帶頭興風興作浪，讓老師頭痛的麻煩人物。

但後來我卻和那個老師，從兵戎相見到惺惺相惜，原來之前全然是誤會一場。我也不知道為什麼，當時我就有那種本領能妖言惑衆，讓他們覺得我說得頭頭是道。總結我的學生生涯，我就是一個功課不好不愛唸書的傢伙，但是我知道我身體裡頭流著一種血液，散播一種種

37版

子，我只要把這個血用在對的地方，它就會熱情澎湃；我這個種子種在玫瑰園，它就會開出嬌艷欲滴的花朵。

校刊都快被我包了

談起我的高中那就更慘了，我的高中生涯顛沛流離的，輾轉換了三所學校。讀了三所學校是因為，在第一所學校讀高一的時候，我的軍訓不及格、數學不及格，高二的時候，我同樣軍訓不及格、數學不及格，因為不想因為這兩門科目不及格被留級，所以我就火速辦轉學，回到了屏東東港的新基高中，新基高中是一所天主教學校，但沒有幾個當地的學生去讀，多半是招收一些外地來的流氓學生。當時的我，還特意把姐姐以前讀台南女中的書包找出來，把書包上「台南女中」的「女」塗掉，然後背去上學。

你要知道當時「新基」兩個字，就等同於流氓的化身，足以跟台北的東、西、南、北四大名校媲美。學校被污名化的結果，就是讓我不想背新基高中的書包去上課，每天從家裡走到學校的路，都是讓我覺得最漫長的，也因為讀了這間爛學校，連帶地讓我在親戚朋友面前也

39 版

抬不起頭來。可是我卻在這間學校，做了件有意義的事情，那年，蔣故總統經國先生逝世，我就利用無聊的上課時間寫稿子，去投稿我們的校刊。

一本一百頁的校刊，我前前後後用了不同名字，包括像是黃蓉啦、郭靖啊、同學的名字、哥哥的名字、姐姐的名字、各親朋好友的名字，還寫了一系列的影評。我當時的投稿，被錄取了超過一半以上。現在聯合報的記者王玉燕小姐，當時是我們新基高中校刊的主編，她有一次就把我叫到她的辦公室，問我這些稿子是不是我自己寫的？我回答：「是啊，而且沒有抄襲。」她覺得我當時的作品寫得很不錯，已經幾近專業影評人的水準。我聽了很高興，以我一個高二的學生能夠寫出幾近專業影評人的水準，我自己也有一點不可置信！

我就這樣用各種不同的名字，寫了半本校刊，登出來的時候，沒有一個人知道那是我寫的。可是我心裡就因此知道說：「我真的可以靠文字出頭喔！」用各種筆名寫文章投稿的這個技倆，可是我一直反覆運用的，一直到我去做了自由時報的記者，我依然用各種筆名，去參加中國時報辦的，「捷運理想國」的徵文比賽，結果總共被錄取了七篇文章。為了慶祝我公司的同事喜獲麟兒，我又用他一雙兒女的名字：吳穎跟吳蹤，去投稿公車賞詩的活動，也是被錄取了，這還真是件有趣的事呢！

帶頭做起，機會就給你

我在新基高中待了一年，我就決定要離開這所學校，因為每天走路只要十分鐘就到學校，讓我沒有辦法放學後四處溜達，所以我就決定轉學到高雄的復華中學，我在高雄的復華中學日子，可以說是過得很快樂。在高雄的復華中學，我也做了一件轟轟烈烈的事情，就是我組織了一支辯論隊。復華中學當時在高雄也不是一家太好的學校，雖然不是一家太好的學校，反正我愛自由、對辯論有興趣，而辯論社也被我組成了，所以也就順理成章地待了下來。

高雄市舉辦的高中高職盃辯論比賽，復華中學從來沒有參加過。當時我們就鼓起勇氣，臨時整軍去報名參加辯論比賽。我一個人怎麼招募隊員呢？我利用下課時間，挨家挨戶地到各班級詢問，從三年一班到三年六班，跑到人家的教室去問：「各位同學，有沒有人想要參加辯論比賽？想要參加的人，請到三年六班潘恆旭那邊報名。」

然後就這樣子，我也可以把一個六人的隊伍成軍耶！雖然沒有什麼經驗，但我們還是去報名，並且繳了保證金。一開始，學校對我們要出去比賽，其實沒什麼興趣。可是呢，神奇的事情發生了，我們就這樣一關一關過關斬將，最後呢，我們居然還跟當時最好的學校高雄高中爭奪冠、亞軍。最後雖然沒能一舉拿下團隊冠軍獎座，但是我得到「最佳個人辯才第一名」，這個神奇的例子，又讓我再度證明，很多事情只要你願意去做、願意去嘗試、願意去報名，你就有機會被錄取。

你沒有去嘗試、沒去報名，就永遠沒有機會成功。有了這個機會，不保證你一定可以成功；但是機會保證說，你距離成功那條路會比較接近。通常我都這樣看待這三部曲：你要有動機，動機決定了你的機會，機會再創造你的成功！

被循線找回來的失蹤人口

我在高中三年換了三所學校，而我離家出走的本領，也分別在這三年的夏天，輪流各上演一次。我這三次離家出走，都是跟爸爸打我有關；有一次是不想陪姐姐去考試被打，一次是玩到太晚回家，然後回到家時，被早已拿好藤條等在客廳裡的爸爸，狠狠地教訓了一頓。每一次的逃家，少則兩個禮拜多則一個月，最長的一次，就是剛好發生六四天安門事件的時候。當時我還跟一些朋友，在高雄的體育館前，擺起靈堂遙祭那些無辜喪生的大學生。我第一次逃家時，年僅十六歲，要靠什麼維生呢？我就去當那個，後來被發現是「假愛心、真斂財」的，愛心雜誌社或溫暖雜誌社的推銷員。

我第一天去那邊打工，就成為當天業績最好的推銷員。我講一個例子給大家聽，就是為什麼同樣一群推銷員、販賣同樣的東西，會什麼我的業績會最好。因為我有用心去想，到哪裡的人潮比較多，哪些人

44版

比較肯花錢買一份愛心？每天一早出去募款，我就會選擇兩個地方，一就是到公園去看情侶檔，二就是去各大廟宇。

去公園看情侶檔，我通常都會挑男方下手，之所以會挑男方下手，是因為我覺得男方比較好講話，而且通常為了好面子，想在女朋友面前假裝豪氣、假裝富有愛心，一般來說會比女生容易成功得多。通常我會這麼說：「先生、先生，做做善事你們的愛情會更甜蜜」「做做善事，月下老人才會保佑你們感情順順利利」之類的甜言蜜語，通常只要祭出這些迷湯，成功的機率都很高。

在廟宇的話，我就會專挑一些上了年紀的老阿嬤下手，因為你知道會去廟裡拜拜的，多半都是有什麼心願要去求的，而老阿嬤通常也最相信「多做善事，老天爺才會保佑你」這套。我當了兩天的愛心推銷員就沒有做了，晚上睡在公園時，我的愛心贖罪券遺失了，他們還要我賠錢了事，後來是透過我同學在當警察的爸爸出面解決，不過結果好像還是同學在當警察的爸爸，幫我花錢了事了吧。後來隔了一陣子，我才在報章雜誌上看到，原來他們是一個「假愛心、真斂財」的斂財集團。我就在想說，我原來也成為人家以愛心之名斂財的幫兇。

自強號別走呀！

當時我離家出走的生活，其實也還過得蠻輕鬆的。白天的時候就去圖書館看書，吹免費的冷氣，喝免費的冰水；晚上就到高雄市二十四小時營業的木瓜牛奶店，點一杯四十塊錢的木瓜牛奶，霸佔了一張桌子，趴著睡到了隔天早上。我也沒有到處到朋友家借宿，一來是不想欠人家人情，二來是不想讓家人輕易追蹤到。

大家一定會懷疑：「那不對啊，你要去哪裡洗澡呢？」告訴你們，我都是去哪裡洗澡的呢？答案就是——「高雄市立游泳池」。只要花少少的二十塊錢，就可以買學生票，到高雄市立游泳池的淋浴間洗個痛快，順便還可以下水去游游泳，一下子暑氣全消。

在逃家的那一陣子，雖然我口袋沒有多少錢入帳，但因為去圖書館看書不用錢；點一杯木瓜牛奶睡一個晚上，只要五十塊；去高雄市立游泳池游泳兼洗澡，也只要二十塊，所以我一天只要花很少的錢，就

47 版

可以維持我一天的生活所需。

離家久了，終究會發現家是溫暖的，所以還是乖乖地回到家裡。要考大學聯考前，因為我知道我的學科很差，只能靠我的術科取勝，所以我就鎖定了要去讀，國立藝術學院的戲劇系。那一年，我也去報考了國立藝術專科學校。我的學科成績過了，但我的術科成績，卻因為我連夜坐夜車趕到板橋考試，而將准考證忘在自強號列車上，而被扣了三分，最後以一分之差飲恨。

飄洋過海去考試

準備重考的那年，媽媽本來要叫我去補習，而我不想浪費這個錢，因為我很清楚——明年我還是要考國立藝術學院。同樣是在一九九○年，我還報名參加了一個旅行團，到香港考試局考大學，那是大陸的大學聯招，結果讓我考上了暨南大學的國際新聞系。最後我選擇留在台灣，讀國立藝術學院的戲劇系，於是就這樣來到了台北。我終於考上了大學，而且還是夢寐以求的，國立藝術學院的戲劇系。但是當年的國立藝術學院位在蘆洲，我對蘆洲最大的回憶，除了蘆洲的雞排很好吃，還有冬天睡覺很香甜之外，蘆洲對我來說就沒有什麼意思了。

那年我的老師金士傑先生，指定我們演出一個小王子的故事，因為我長得很卡通，所以我扮成了某個星球的商人。我自己還覺得蠻有創意的是，為了詮釋這個星球的商人，我穿了一雙溜冰鞋，用溜冰鞋去呈現，在星球穿梭的感覺。我後來好像就漸漸知道，我有一個潛能或本事，那就是，在一群人之中，你要怎麼樣去發光；怎麼樣去讓別人注意到你。當我知道我有這樣的天賦的時候，我就決定要好好利用這個，老天爺給我的天賦。

作文也是要教的啦！

我大學時代是怎麼打工的呢？我打工的項目很有趣喔！因為我曾經得過很多作文的最高分或冠軍，當別人都是家教小朋友的英文、數學的時候，我卻去家教小朋友如何寫作文。當我去家教仲介中心想當作文家教的時候，他們都會告訴我：「當作文家教沒有市場性，沒有人會請的！」我跟他們說「你們可以試試看啊，就說我們有一個，全國作文成績第一高標的家教老師，很會教作文喔！」果然我的這個訴求奏效，還不少人請我去當作文家教，於是我就靠著當家教的酬勞，過著還不錯的大一生活。雖然市場的主流是教一些自然科：理化、生物或者是數學、英文的，但你只要抓住了你的專長，往你的專長去努力、去推銷，其實還是很多人會買單的。

另外，我很會幫朋友寫情書，用別人的名字寫詩。當時我的收費標準是情書一封二百元，情詩一首一百元，生意還不錯呢！跟課本裡寫陳之藩小時靠寫春聯賺錢真有異曲同工之妙。

51版

尼加拉大瀑布臥冰求鯉

在唸大一時，對夢寐以求才考到的國立藝術學院，突然間覺得，好像也不怎麼珍貴了，於是我就興起了去美國唸書的念頭。在一九九一年的夏天，去三軍總醫院，看完在金門前線當兵，卻因為發生意外爆炸的朋友後，我一個人就搭上飛機，飛向了異鄉去到了美國的水牛城。到目前為止，我還是一直非常懷念，我在美國的那段日子。我覺得我在美國的那段日子裡，鍛鍊了我的獨立自主跟勇敢堅強。一開始，其實我的英語並不好，但我的學習能力算蠻好的，不怕生，不怕開口，很快地就能夠開始跟人家溝通，甚至對答如流。

待在美國把錢花光的那一年，對我來講，真正的收穫並不是英語變好了，真正的收穫是，看遍了美國的天然美景。在寒假的時候，我常常在下雪的晚上，從宿舍開車到尼加拉大瀑布，看到一個這樣壯觀的瀑布飛瀉。冬天的時候，尼加拉瓜大瀑布的水量比較小，而且還有一些地方結冰。我覺得透過月光，在結冰的瀑布上反射出來的光線，真的是好美好美，然後覺得自己是那樣的渺小。有一次最瘋狂，我不顧零下幾度的低溫，我打著赤膊，躺在冰上，效法臥冰求鯉。抬頭看天空的星星，好寧靜。

有時候在週末的時候，我會開兩個多小時的車，到加拿大的多倫多。沿路上車海通明，就像是萬家燈火在一條快速道路上移動。到了加拿大的多倫多，我會睡在五大湖畔，伴著車上的暖氣，欣賞窗外紛飛的白雪，或是到多倫多許多香港人聚居的小香港，去吃港式飲茶。

在暑假的時候我也會租車子，越過加拿大的高速公路，一直往北走到加拿大的草原三省，或在美國開著車跑去底特律，或東到了波士頓的哈佛大學吃龍蝦，或去紐約感受大蘋果的喧囂滋味，就這樣一個人開著車，到處冒險到處玩樂。在那個時候的我，是天不怕地不怕，於是在美國的那段日子，它訓練了我去享受孤單，和勇敢開創，想做什麼就去做什麼。

53版

在美國的那段時間的開拓精神，對我來說也是一個非常重要的養分。這段特別的經驗讓我很清楚地知道，我終究還是會獨自一個人過生活。Always生命的常態，其實一個人獨處的時間是最多的。

揚眉吐氣爭光榮，哈佛耶魯閃邊去！

在美國遊學的時候，其實還發生了另一件有趣的事，就是我去參加了一個華人大學生的夏令營。那個夏令營大概有五百人參加，而且各個都是來自美國名校的學生，當時還要分組競賽，做許多的才藝表演、機智問答，而且競爭甚是激烈。最後我們那一組，在我的領軍之下，竟打敗其他美國名校拿下美國東區的總冠軍。

我個人則是囊括了「最佳隊長獎」、「最佳才藝獎」和「最佳人緣獎」三項大獎。當時我就在想「我讀的只是個不起眼的小學校，為什麼我可以擊敗衆多名校的學生脫穎而出？」得到那個獎，對我有很大的意義：我一個英文那麼爛的人到了美國，透過一些小競賽讓我自己得到一些獎項，所以我覺得「一個人一定要先肯定自己，只要每個人抓住了他的專長，他的努力一定可以開花結果。」就是這些觀念深深地扎根在我的心中，讓曾經自卑的我慢慢開始累積了一些自信。

再見，畢業證書！

二進二出藝術學院，我第一次離開是為了去美國唸書，我的系主任賴聲川先生說：「你必須為這件事付出代價喔，而你必須很清楚地知道這是為了什麼！」後來我決定開始找工作後，我又再度辦了休學，那時候我們的院長邱坤良先生就跟我說：「你再辦休學就回不來囉，可能就只有大學肄業的學歷，你好好想清楚吧！」我心裡很堅定地告訴自己「沒關係」，於是我就這樣踏上了我的求職之路。我告訴自己，小潘，別回頭，努力往前走吧，就算有一天後悔，自己還是要扛下這個擔子，這是我的決定，不要文憑……

大學沒畢業進奧美

先從如何開始找工作講起，在藝術學院待的第二年，我決定不要再去浪費生命，但是自己所具備的能力，憑著自己只是一個大二的學生，而且長得不高又不帥！求學經驗一路走來，唯一所能確定的，自己一輩子的強項便是作文，因此想到廣告公司才是能夠適合我的，於是買了些廣告雜誌，而後每個星期日注意廣告公司的招考訊息，當時擁有足夠的自信與勇氣，認為第一流的工作環境便是我要的，鎖定的對象也是自己所認為的第一目標——奧美廣告。

奧美其實應該是在大學生心中口碑最佳的一家公司，不論是正統科班出生或是留學歸國的專業人才都想進入奧美，面對著強敵環伺的處境，一個大二學生如何能夠脫穎而出？對擅於蒐集資料與發揮所長的我，便決定先從瞭解奧美做起，那段時間正是敢大膽拔卓新人的莊淑芬擔任奧美廣告的總經理，於是自己就寫了封文情並茂的信給她，接著果然如預料中接到筆試的通知，當時應試題目是海尼根啤酒的平面廣告，我一口氣準備了十八種提案角度與草稿，採取的策略便是誠意及努力。

在最後面試那關，印象最深刻的便是與莊總經理以及創意總監王懿行的面談對話，她倆聯手拷問我都能一一對答，見招拆招，而後，當我聽了王懿行對我的評價是「你是十足的商業動物！」我便知道自己是他們所要的人。

評估不及格　被奧美開除

果不其然，不久我收到了通知，當時二十三歲的我便進入了奧美，好多人都在爭取的文案一職落在我一個小毛頭手上，我知道這是我的職場起點，但我必須誠實地講，當時在奧美面談所展現的成熟與老練都是偽裝出來的，自己並非學表演藝術但是卻能夠表現如此，現在想想還真的得頒一個「最佳男配角獎」給自己才對。

另一個經驗是台灣廣告公司招考的記憶，當時一同競爭共有三百多人，而我的展現就一如在奧美的沉穩，最後一關令我印象深刻的部分是董事長與其他高級長官問到有關待遇的期望，而我當時的回答是「入境隨俗！」

然而，最後我還是選擇進入奧美，兩種不同公司的應徵經驗都讓我有不同的成長。既然奧美選擇了我，我當然也一如所想地進入第一志願。

不過，一九九五年在奧美那一年並不快樂，結局更是令人出乎意

59版

料，現在回想起來，原本以為這是一帆風順的開始，原本個性就是多話、熱情、活潑的我，認為這是自己在人生的第一份正式工作，便開始在想是不是應該把嘴巴收起來，甚至是用耳朵在那裡呼吸，所以給自己的策略便是多看、多聽、多學。對於一個剛進去的小朋友，所能做的也是必須從基本開始，其中所做過的包括了：肯德基外帶全家餐、NISSAN汽車與迪斯耐冰上溜冰、味丹青草茶、左岸咖啡等一些較為基礎或瑣碎的案子。

在那裡我所學到的不只是廣告，奧美是一家極為專業的公司，每一部分的分工都能夠分配得宜，最重要的是讓我在處理公關事宜以及業務策略也學到很多！許多人在我聲名大噪後知道我這個人，可能是因為「霹靂布袋戲」而讓我名震江湖的，其實大多數都不知道我是屬於奧美派的，因為打從出娘胎的第一個工作就在奧美。

但是第一份工作畢竟是「第一份」，總是會有結束的時候。不幸消息的開始，當時王懿行擔任奧美執行創意總監的位子，身為小輩的我卻表現得極其安靜，加上其實我錯失了一個絕佳的表現機會，當王懿行要我展現個人年度的最佳作品時，我選擇了一個幫博士倫隱形眼鏡藥水所寫的保養手冊當作我的代表作，但我當時認為那是花最多心血且最重要的作品，而後王懿行便告訴我，我並不適合在奧美這個環境，我的年度考績評比是不及格。她希望我自動閃人。

61版

轉戰自由，東山再起

失去了奧美這份工作，其實我只難過一天而已，我趁著晚上同事都下班了，連夜把東西都收拾乾淨，也沒有太多憂傷，那天回家後，很累，就睡了。醒來隔天，打開自由時報看見他們在招考記者，使我決定去報考文字記者，考試當天前往當時中興大學城區部，照樣看到滿坑滿谷的報考對手，在至少兩千多人穿梭的考場中，頓時發現自己有多久沒經歷這種考試。

當時的重要新聞是李登輝總統成功訪問美國康乃爾大學，記得第一堂考試的題目便是「台灣如何打開外交困境」，我從小面對作文就是如魚得水般，當時在想這類題目相信很多人都曾論述過，但是如何寫的與別人不一樣，又能夠令人印象深刻便是我行文必定把握的致勝要訣。

我也忘了我到底寫些什麼，但我一路從二千多人殺到三百多人，最後又只剩下群雄面對面的局面，望著十大報社主管所組成的審查團，主考官問我為何要從廣告的領域跳到新聞來，當時我並沒有很誠實地告訴他我失業的實際狀況，我的回答是「希望能夠在每個環境都有所嘗試與學習，進一步的串聯不同傳媒的優點，我假設如果今天自由時報能夠錄取我，我相信我能夠勝任一個好記者的工作！」

63 版

再也不缺那一張文憑紙啦！

接下來你一定也不驚訝，過幾天我又收到了錄取的通知，但是卻出現了一些問題，通知上規定報到時我必須攜帶畢業證書，其實回想到當初報名時是需要大學畢業的學歷，我的資格並不符合，但我確信我所擁有的實力，一定比這張文憑來得更佳，因此我所採取的解決之道便是寫了封洋洋灑灑的信來闡述自己的情形，預先寄給當時的總編輯林健煉。

另一個令我困擾的部分，是當時的規定都是按照記者的籍貫或出生地來分派駐寫，理當我是必須被分派回到屏東的，但是我心想好不容易到了台北來奮鬥，不能回去整天報導漁業新聞，我一定要待在台北守住這片江山，因為我必須吸收所有最新最快的資源，如此才能夠達到最高倍速的學習，但是報社的規定又不能隨意為我這個新進人員更改，到了正式報到的那一天，我所擔心的問題其實還在，想到當初二千多人的報考，前面被刷掉的一千九百五十人大多是大學與碩士畢業的，其中碩士畢業的就佔了數百多人。

自由時報新進記者有個慣例就是，進報社前都要跟創辦人林榮三面談。眼見著所有錄取而進入會談室面談的人都只待了五分鐘便出來了，心理便打定主意一定要給他待上十幾分鐘不可，因為那是我唯一的機會，輪到我進去之後，發現報社主管並未刁難有關學歷的事情，相反的我還跟林榮三先生暢談了將近三十分鐘才出來，當時我就大膽跟林榮三先生請求，我想留在台北，結果我也如願地留在台北任職。

65版

自由之星

一開始選填志願時，我便以擔任文化新聞記者為第一職志，當時藝文組屬於綜藝組，而我被分派到台北的市政組變成了市政記者，於是我開始跑文化相關的新聞，在自由時報其實除了跑新聞之外還有許多有趣的事情，也從中學習到不少。

記得連續兩年的春酒晚會，我們市政組的表演都非常精采獨特；第一年的晚會，我跟另外女同事利用了陳水扁的在競選台北市長時的競選歌曲《春天的花蕊》一搭一唱，沿桌分送紅玫瑰，我們用台北市的政治生態來比喻台灣當時三大報的情況，因為當時選舉結果，陳水扁以本土綠旗擊敗趙少康的新黨黃旗與黃大洲的國民黨藍旗，我強調在當時有著濃厚本土色彩的自由時報就必能在報業市場一戰輝煌，然後這樣的表演讓我們得到了最佳表演獎。

接下來第二年的晚會，我們再度出奇招，當時適逢兩大報漲價，我題了一個口號叫「中時誠可貴（一份十五塊），聯合價更高（一份也是十五塊），若為自由故（一份十塊），兩者皆可拋！」然後我和那位女同事便一起把其他那兩大報拋向天空，這樣的舉動不僅有狗腿笑果，也令大夥噴飯，讓所有人留下深刻的印象。當時報社主筆胡忠信跑過來跟我說，其實我可以成為一個全台灣非常棒的脫口秀主持人，現在回想如果當時真的去主持綜藝節目，憑著我天使般可愛的外表加上一針見血的口才，在吳宗憲還未崛起的時候打入戰場，那我現在不就可以左打胡瓜、右踢吳宗憲了嗎?!

揮揮衣袖，不留下一堆爛攤

在自由時報擔任記者的日子，總是喜歡在交稿後利用空檔寫寫自己的一些想法，尤其喜歡看週日的求職欄，那是一件很有趣的事，或者把自己假想成一個要應徵的角色，例如：寫給GIORDANO的求職信我就會寫「青蛙變成王子的一〇〇種方法」，多方嘗試寫不同向度的職業類別，就像一個多情的情聖寫給不同女子的求愛信一樣，漸漸就可以激發出更多的靈感與創意。

在自由時報的日子，我覺得很多人都對我很好，表現出色的我當然也有數度被挖角的機會，當時許多候選人也都曾邀請我加入文膽，曾經想過要離開報社的環境，就是只想換個不同跑道試試看自己其他方面的能耐，但多次的離職請求也都一一被慰留下來！

然而，最後我以「不告而別就是最好的道別！」來收場，在我二十六歲生日前夕，我在自由的最後一晚，我將我的離職信與該交的檔案留在電腦中，留下部分未領的薪水以及長官對我的疼愛，那一夜我悄悄地走了。至今我還要感謝當初的許多長官，其中也包括了現在新台灣雜誌的總編輯高天生先生，他給了我很多的照顧。

69版

巧妙組合，逆境順境自有安排

在奧美我學到了廣告、公關，在自由時報我學到了政治的生態體系，現在你給我一份藍圖，我的築夢工程絕對超前進度，甚至超乎你所能夠想像的境界！其實，人生裡頭很多真的都是很奇妙的組合，你不能預料未來到底是如何，命運之神自然會有安排。或許你過去的夥伴，有朝一日也會變成現在敵對陣營的主將，但我還是覺得「把愛換工作合理化」是對的，絕對沒有人規定非得要守著一份工作不可，尤其當你遇到挫折時，休息一下、爬起來再接再厲，都是可以被接受的；其實我們都是在跟自己賽跑的人，只要別輸給自己，你都是贏家！

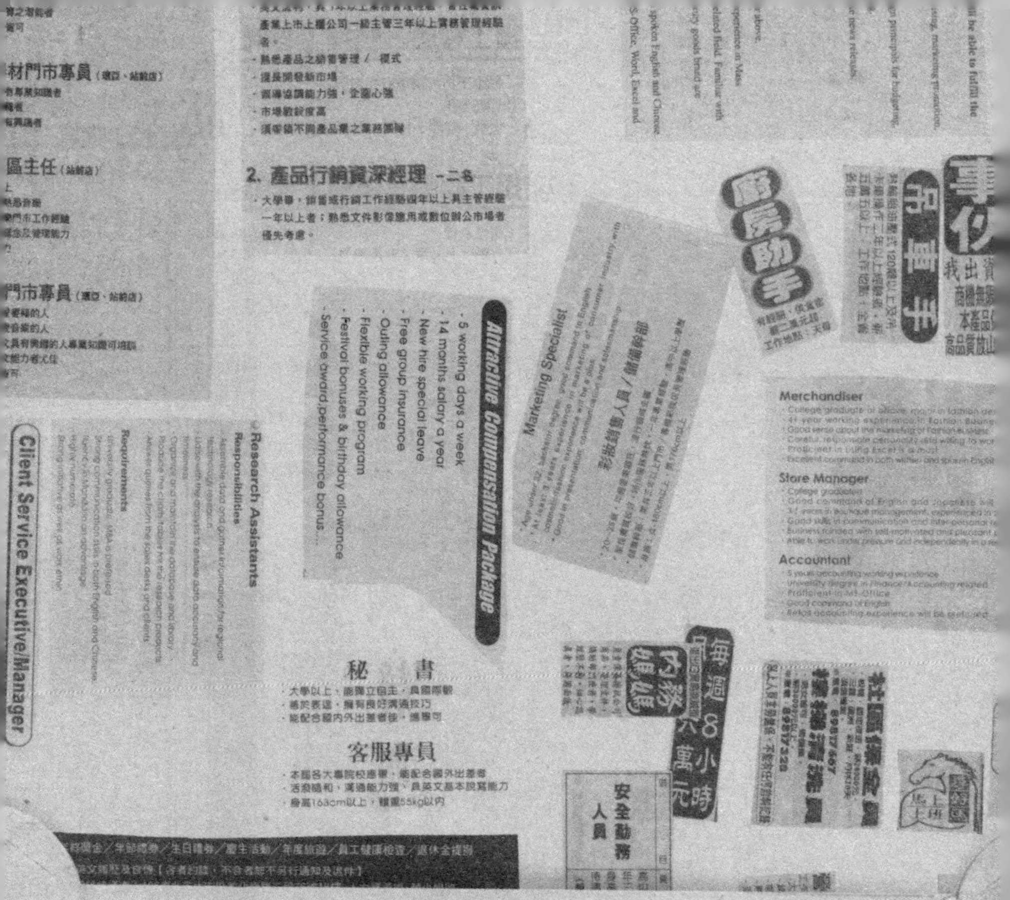
2、產品行銷資深經理 一二名
Attractive Compensation Package
5 working days a week
14 months salary a year
New hire special leave
Free group insurance
Outing allowance
Flexible working program
Festival bonuses & birthday allowance
Service award,performance bonus...
Marketing Specialist
Research Assistants
Responsibilities
Requirements
Client Service Executive/Manager
Merchandiser
Store Manager
Accountant
廚房助手
秘書
客服專員
每週8小時
安全勤務人員
馬上上班

給我所敬佩的朋友

永遠的巨人——孫大偉

我會去考奧美廣告一個最重要的原因，是我當時心中懷抱的一個偶像：孫大偉，我是慕他的名而去奧美廣告，因為他是奧美的執行創意總監，也是屏東人，跟我同鄉。可是要進奧美是要過幾關斬幾將的，所以他們要有很長的interview時間，我去奧美interview的過程長達半年，當我前腳剛踏進奧美大門的時候，孫大偉的後腳正離開，我想是老天安排好的！

我在台北之音的時候有人說我是蔡康永的接班人，打選戰時被說是羅文嘉接班人，其實我才不想做某某第二，但我打心眼底佩服的創意人，就屬詹宏志跟孫大偉。與大偉哥第一次的接觸，是我在台北之音的時候，當時正在做王偉忠的節目，叫《台北什麼都有》。偉忠哥是一個脾氣很急的人，那時候我寫了一封信給孫大偉，邀請他當王偉忠的特別來賓。

73版

我覺得我跟大偉哥蠻有緣的，我們都是屏東人，不過他長得高大威武接近一九〇，我長得個小只有一六〇，真的是天龍地虎，屏東雙霸！我們的血液裡頭有一種相似性，在孫大偉人生的前半期，原本也是不被期待的，是「該生素質太差」，他三十一歲才考進奧美。最近大偉哥跟我說：「小潘你要有個家，工作的家，你這幾年看起來很風光，這裡也沾那裡也沾，但是你沒有一個家。」汎太是孫大偉的家，廣告是孫大偉的專長，他的專長不是主持電視節目不是釣魚，那些都是過客，但他卻會持續對一件事情focus，就是廣告。那天的午餐對談中，他說我廣告也做、電視也做、出版也做、電視也碰，但沒有家……

是ㄚ，我不能一直睡五星級飯店，我該有個工作的家了。從廣告→記者→本土→廣播→活動→廣告→出版→電視，我認為我是練就了傳播界的三百六十度，我跟大偉哥說，我把我的三十一歲當作他那年剛踏進奧美一樣有衝勁，所以等過了今年，我會有一個領域，會選一個領域一直耕耘一輩子。我說我不用急，因為我定位今年二〇〇二年，就是「遊戲的一年」，但也是「工作的一年」，「遊戲和工作是結合在一起」的。

大偉哥說我要有一個家，就是我在工作上必須找到一個家，他還提醒了我，雖然我的廣告做得還可以，出版創意也不差，然後電視劇也OK，可是都只沾醬、摸邊，並且也快速成名了，因為我真的是一個聰明的小孩，但是他說我接下來的階段必須選擇一個持續耕耘的focus。聽完了這段話，我認為他是真心為我的，我會加油努力的。

我一直覺得孫大偉的廣告創意是台灣No.1，而我厲害的是議題行銷及符號行銷，如果有天我們能攜手合作，力量一定懾人。我倆都認為玩「創意」這件事實在太過癮了，因為一個夢想被點燃，後頭就會迸出更大的火花。那天和孫大偉聊天後，回家的路上我忍不住掉了眼淚；跟他就好像是忘年之交，那種惺惺相惜的感覺，雖然兩年多不見，但還是如師父帶徒弟一般，我始終覺得他很偉大而我很渺小。

與馬共舞

因為汎太和台北之音在同一棟樓，有時候我會去找大偉哥玩；鄰居的感情總是比較好的，所以一九九八年馬英九參選台北市市長時，大偉哥撩落去，我也撩落去。當時幾股力量都推薦我去幫忙，我被需要，其實也是時勢所需，因為陳水扁的陣營有羅文嘉和馬永成，他們是年輕就被重用的例子，當羅文嘉批評馬英九不重用年輕人、沒有創意的時候，我感覺這樣的力量把我捲進選舉當中。我當時身兼台北之音與霹靂布袋戲兩大創意總監，兼具都會與本土的特質，必然是馬陣營所缺的。而我在聯合文學出了一本《霹靂小子玩創意》，聯合文學創辦人張寶琴跟社長初安民特別參加了我的新書發表會，他們一直幫我做口碑行銷，也使我的名聲流傳。

其實我跟馬英九最早結緣在一九九七年的《People》雜誌的霹靂封面票選，當時雜誌以「當今政治人物誰最像哪一個布袋戲人物？」為封面，票選結果馬英九高票當選史艷文的代言人，當時的報章也以「現代史艷文——馬英九」作文章。馬英九辭官棄選台北市長後，逢年過節，我都會收到他署名史艷文的賀年卡片。

當然，在我與馬英九的接觸認識中，他的態度、氣質是我認為台灣最有資格站上世界舞台的領袖人物。馬英九擔任台北市長的氣宇軒昂、不卑不亢，是我所見過最無私無畏的政治家，尤其許多政治明星喜歡拿家人來作秀，想藉親情來打動大衆，但馬英九絕非此種矯情的人，他對於家人的保護，不讓妻女曝光，始終能夠站在一個公私分明、保護而非作秀、利用的出發點，這是我個人對他最為感佩的。

在多次合作中，我很感謝小馬哥給我充分的自主空間與足夠的信任，我一直覺得可以稱職扮演好他的民間好友身分，我也希望一直維持這種淡遠而堅實的友情；我並不把他當市長，而是朋友。

擊壤朱天心　直擊我的心

我在國三時，很迷戀朱天心，因為看了她的《擊壤歌》，看到了她輕輕鬆鬆上北一女、進台大，就這樣震撼了我的心，讓我成為狂熱的愛慕者，又是瘋狂寫信、瘋狂的電話攻勢，家中的電話費一度打到五千多元，害我被我爸毒打一頓，甚至一度想流浪到台北，尋找朱天心。

但是，在朱天心看過這麼多熱情男書迷的眼裡，我想她也把我當作跟那些尋常的書迷一樣，終於她寄了一封信給我，上頭寫著「友情若是長久，又豈在朝朝暮暮」，還附上一張她和老公謝材俊的合照，彷彿就是要我死了這條心。

雖然，從未曾真正見過朱天心本人，但在我少年的心中她就一直是個精神符號，讓我知道了「文可以載道」，因此朱天心可算是我青春年少時期的啓蒙導師。當時還有一個傳奇人物——鍾曉陽，在十六、七歲時便憑《停車暫借問》聲名大噪，這激發了我對於寫文章的另一層看法，其實靠著寫作也能夠一舉成名天下知，而我應當就像鍾曉陽一樣，出名也要趁早。

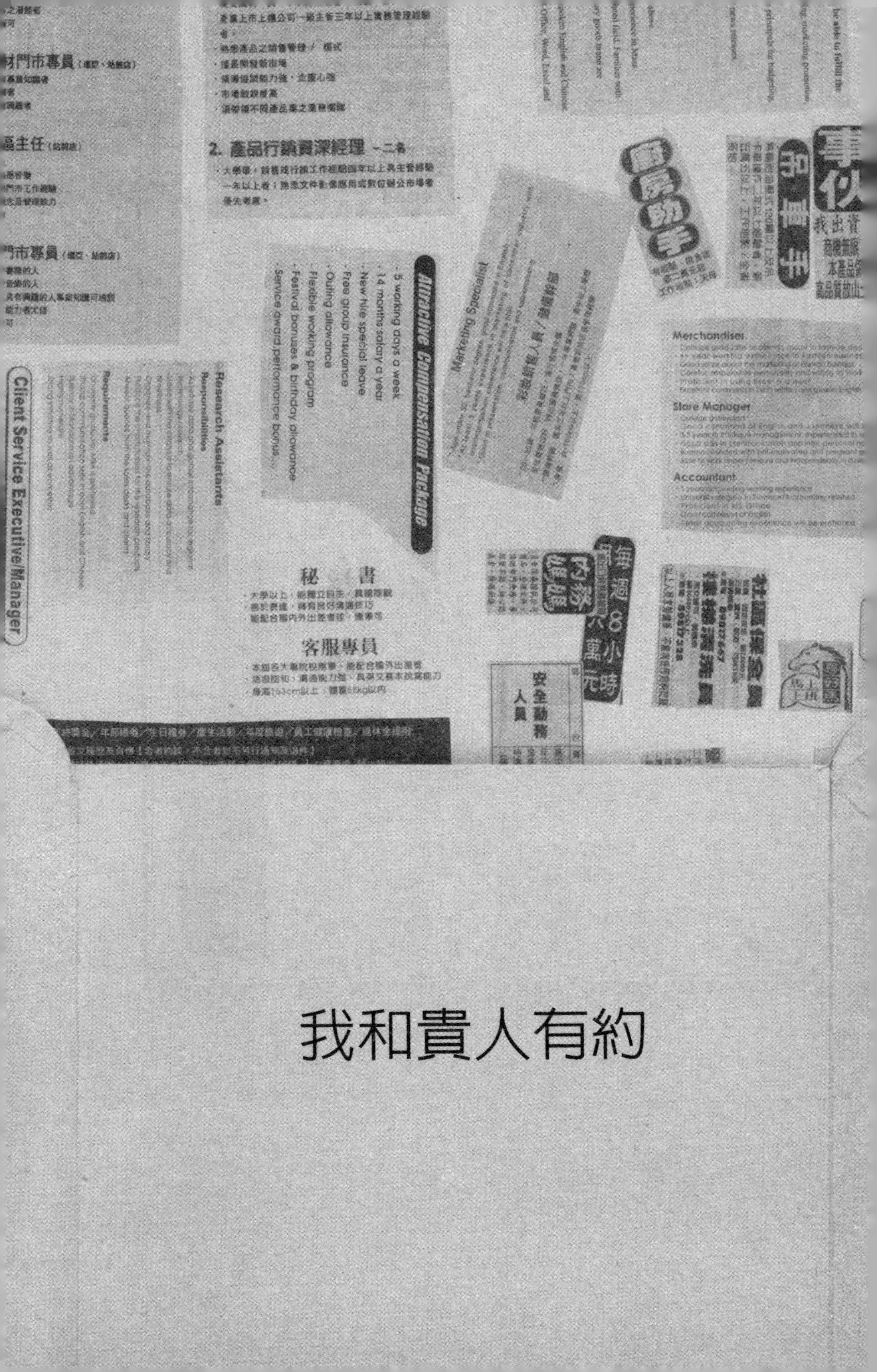
2. 產品行銷資深經理 －二名
Attractive Compensation Package
5 working days a week
14 months salary a year
New hire special leave
Free group insurance
Outing allowance
Flexible working program
Festival bonuses & birthday allowance
Service award,performance bonus...
Marketing Specialist
Research Assistants
Client Service Executive/Manager
Merchandiser
Store Manager
Accountant
秘書
客服專員
廚房助手
安全勤務人員
馬上上班

我和貴人有約

一、前《People》國際中文版總編輯鄭林鐘
——霹靂一聲雷

與鄭林鐘最早的結緣，是我一九九五年在奧美廣告時，看見《People》時，毛遂自薦寫了封信給他，運用芭芭拉史翠珊的名言「people, people！who need people？」，雖然當時《People》雜誌沒有缺，但因為這次開啓了我們的因緣。後來在我企畫霹靂布袋戲的活動時，第一個idea便想讓霹靂布袋戲人物登上《People》雜誌的封面，我想這個好企畫再配上好人脈，便成就了霹靂布袋戲系列成功的入門磚，而鄭林鐘在標題以及編輯方面也給了我更大的啓迪。

二、皇冠舞蹈空間團長平珩
——飛舞超時空

在平珩老師的邀約下，成為企宣並參與了一九九六年《超時空封神榜》舞蹈的策畫工作，當時我找了霹靂衛星電視台合作，結合電視、漫畫、舞臺三合一的方式，這是我第一次有效地把整合傳播的技巧運用在舞蹈宣傳裡頭，雖然《超時空封神榜》的賣座尚可，但是整個宣傳做得轟轟烈烈，整合了布袋戲、漫畫以及娛樂界，算是我初試啼聲的第一個作品，然後也透過這個機會，讓我結識雲林布袋戲的黃氏家族。

三、百年布袋戲家族虎尾黃家

——霹靂小子霹靂火

布袋戲虎尾黃家，包括了黃強華、黃文澤、黃俊雄、黃鳳儀、黃立綱，霹靂布袋戲行銷是我初出江湖的霹靂火。雖然是在誤打誤撞的情況認識，但從霹靂到史艷文再到風雲布袋戲，這麼多年來跟布袋戲很有緣，我還是一直以顧問與朋友的身分給他們意見，我認為我跟布袋戲有著宿命因緣，布袋戲算是霹靂小子闖出江湖的第一把刀，這個一招半式也是令我轟動武林的力作，所以，他們一家都算是我的貴人。

四、中視董事長鄭淑敏
——國際艾美獎級的恩師

一九九四年，在她擔任文建會主委時，我在立委舅舅郭廷才的辦公室暑期打工，那時我就常寫很多文化藝術質詢的稿子，獲她接見而與她認識。在經過一九九九年九二一地震後，她鼓勵我進軍電視戲劇，她是我電視戲劇的啓蒙導師，及人生閱歷、人生經驗的師父，讓我智慧受益良多。

五、聯合文學發行人張寶琴
——有緣香港也相遇

我的第一本書《霹靂小子玩創意》就是聯合文學出的，當時張寶琴是發行人，初安民是社長，張寶琴破例出席了我的新書發表會，原來是因為她認為我這個小時候不愛唸書的小朋友也能夠有一片天，她覺得很高興和安慰。然後，在一九九八年年底我忙完馬英九的選舉後，跑去香港聽王菲漫遊大世界演唱會，我看到了張寶琴帶著她的小女兒也坐在人群裡頭，在演唱會中的不期而遇讓彼此覺得很有緣。我在她身上看到了豁達，她也常在關鍵時刻給我提醒、給我力量。

六、華視總經理徐璐
——第一個把小潘當大將的慧眼女神龍

現代苦海女神龍徐璐，是我在台北之音時重用我的人，因為她的開明作風，雖然當時我還是二十六歲的小朋友，但她不因為我年輕而質疑我，她願意相信我的行銷本領是一流的，然後破格拔擢我為台北之音的創意總監，她一直是我非常感謝的一個人，也是我非常重要的貴人。

86版

七、遠流出版公司發行人王榮文
——源遠流長第一流

因為要引薦馬英九跟金庸吃飯、策畫射雕英雄宴，所以認識了遠流的大老闆王榮文，因為他非常給年輕人機會，所以在遠流短短不到一年的時間，就讓史艷文復活，以及李登輝前總統《台灣的主張》等，這幾個案子我們合作得很愉快。雖然後來因為一些因素，我離開了遠流，但是我相信他真的是一個好老闆，而且是我一輩子的忘年之交，我也相信遠流會一直往前奔走、川流不息。

八、誠泰銀行執行副總經理林致光
——誠信走天下

誠泰銀行這幾年的表現算是新銀行中的佼佼者，而我也有幸成為跟他們有合作一年的廣告代理商。最初是我在遠流時，向林致光提案史艷文與女神龍卡，他是一個豪邁且衝勁十足的年輕人，也非常給我機會，所以我們一同打了許多漂亮的戰役，包括像Hello Kitty & Daniel、史艷文、女神龍、台灣之子、小王子，以及金庸笑傲江湖等信用卡……，創造了很多的不可能，就如燈會行銷的奇蹟，以及台灣之子信用卡把阿扁的肖像放到卡上，這都是他給我的機會。

九、格林出版公司總編輯郝廣才——合夥兩年 終生學習

與郝廣才合夥的兩年中，我學到了非常多，學到管理、學到謀略，學到他的思考邏輯與知識浩瀚，讓我這個不愛看書的小孩都覺得要發憤圖強，所以在那兩年他給了我非常多的養分，讓我瞬間成長許多。

除了他們，還有很多很多曾經幫過我，給我靈感，一起合作的朋友，真是太多太多貴人相助了，人生的路上就是有這些貴人的處處提拔、拉拔，才能有現在這樣的我。

我想你應該會很好奇，這些貴人都是怎麼認識的呢？其實這些貴人都是我在職場上認識的，而且我認為與人結交的態度，積極主動但不刻意是最重要的，矯情阿諛的人是無法獲得幫助的，如果你願意多留意、多把握機會，相信貴人就會出現！

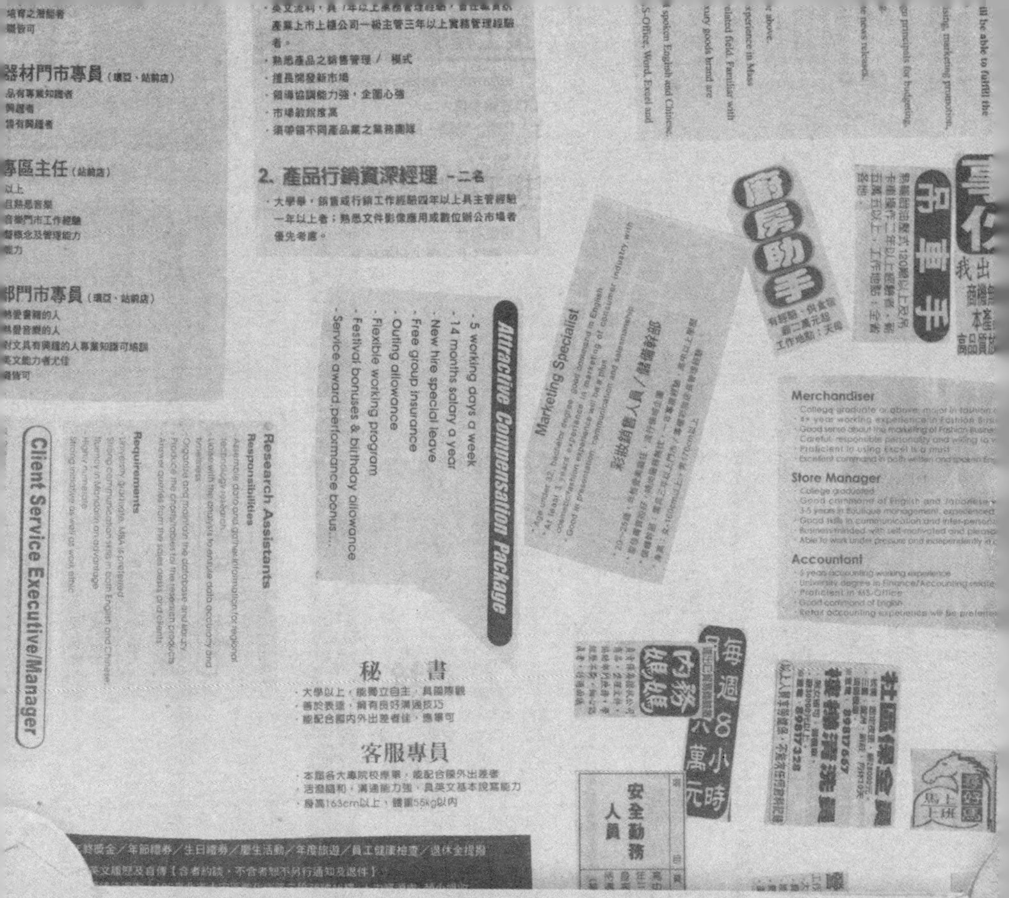
2. 產品行銷資深經理 －二名
Attractive Compensation Package
- 5 working days a week
- 14 months salary a year
- New hire special leave
- Free group insurance
- Outing allowance
- Flexible working program
- Festival bonuses & birthday allowance
- Service award,performance bonus...
Research Assistants
Client Service Executive/Manager
Marketing Specialist
Merchandiser
Store Manager
Accountant
秘書
客服專員
廚房助手
吊車手
安全勤務人員

機智快問答

工作七年，從我自身的實際經驗中，給所有朋友的求職誠心建議。

不用功，要如何考上國立大學？

在經過重考失敗後，我更決定要上國立大學。我的功課其實不很好，但是覺得：既然要唸，當然要唸國立大學！

問題是：不用功讀書，就沒辦法進入國立大學。

是嗎？誰規定的？

我偏不信邪。

可是，我憑什麼上國立大學呢？

我從小就很認識自己，清楚我自己強在文科，弱在數理，所以不想勉強自己，去做一些做不來，又痛苦的掙扎。既然功課不夠好，就別跟別人拚成績，另外找方法進攻國立大學。

蒐集資料之後，我發現兩個偏方：方法一，可以去香港考試局參加中國大陸的大學聯招，以當時中共的對台開放政策，應該可以獲得優惠禮遇；方法二，報考國立藝術學院戲劇系，除了學科，還有術科分數，佔很重的比例，而術科考的演戲、說故事，對我來說，是再簡單不過的事了。

結果，我去香港，考上了暨南大學國際新聞系（某種角度上，這勉強也算是「國立大學」吧）；在台北，考上了國立藝術學院戲劇系。基於要讓自己過得愉快的原則，我選擇了在台北，唸戲劇系。

不想唸書，要如何「堂堂正正」的休學？

進入國立藝術學院戲劇系，唸了第一年，我就唸不下去了。只覺得：悶！剛好有一位從小在美國留學的朋友寫信邀我去美國，當下就決定休學，帶著家教存下的三十萬元，隻身去美國探險！

那年，我十九歲。這，也是奠定我信仰冒險的開始。

起初在紐約州立大學位在水牛城的分校（State University of New York, Buffalo）先唸了短期的語言學校（Summer School），之後衝著能省則省的精簡之道尋得門路，就讀當地免費的社區學校（Adult School）。在美國玩了一年，身上的錢花完了，只好乖乖回台灣，繼續在藝術學院復學。

為什麼一定要唸完大學？

因為大學畢業比較容易找到工作？因為大家都有大學學歷？這個問題，我一直無法找到一個足以說服我的答案。尤其在出國看了更遼闊的世界之後，我真的很難再像一隻螞蟻一樣，不問目標，不知原因地努力奮鬥下去。所以，在我回到藝術學院之後，就開始準備「堂堂正正」地離開校園生活。

如果，對這個社會而言，大學畢業證書，只不過是換取工作機會的一張紙，我幹嘛花幾年的時間去換一張紙，再靠一張紙去找工作？我為什麼不直接培養我的工作能力，甚至直接去找工作？沒錯！只要找到理想的工作，我就能「堂堂正正」地結束無味的校園生活，直奔我的人生戰場！

當我再次向學校提出休學，賴聲川老師提醒我：「你要想清楚，要為自己的行為負責，因為一旦你這麼做，就很難再回頭了！」老師的一番語重心長，在我聽起來，簡直是祝福我一帆風順，振翅高飛！這真是太好了！因為，我真的不想再回頭了！

謝謝老師！再見，我的校園生活！

如何找到「理想的工作」？

接下來的問題是：什麼是我「理想的工作」？

我要怎樣才能得到工作機會？

當時，正是台灣廣告業蓬勃發展的黃金年代。我想，那一定是一個好玩有趣的工作……嗯，很理想！就是「廣告公司」了！蒐集資料後發現，廣告公司裡有一種人叫作「文案撰寫」，不必精通外文、不必跑業務、不必會畫畫，甚至不必專業學歷背景，只要想故事、玩文字，那不正合我的專長？

選哪家廣告公司下手呢？奧美最有名，每年都得獎……台廣是本土的老字號……智威湯遜號稱最大……，都去試試吧！發揮從小到大演講、作文一貫的必勝技倆：出奇致勝！先思考其他的應徵者會有什麼反應和步驟，再思考有什麼表現，是別人不一樣的，是別人想都沒想到的……經過將近半年的反覆面談纏鬥，終於獲得奧美廣告的嘗試錄用，擊敗其他應徵者，進入了理想中的廣告公司！

我想我能夠以在學學生的身分勝出，除了廣告這個行業本身的寬容度高，和主試者的好惡眼光之外，是有一些客觀原因的：

1.蒐集足夠的資料——可幫助分析判斷，找出最適合自己的公司。

2.出奇致勝表現——這能加深給對方的印象；更何況，廣告公司期待的，就是不一樣的思考能力。

3.豐富寬闊的視野——我的叛逆求學過程，和去美國生活的經驗，沒想到竟然也能成為幫助我找到工作的助力之一！實驗證明：這比畢業證書有用！

被公司開除了，怎麼辦？

也許是因為太過崇拜這間「理想中的廣告公司」，當時的我深深覺得自己應該洗心革面，好好謙虛學習，一改過去求學時代的習慣，搖身一變，成為一個「乖乖牌」，凡事多聽、少說。對於一個社會新鮮人來說，這套邏輯，在一般的傳統公司職場裡，應該是很管用的，只是我忘記了，我是在一家頂尖的廣告公司，做創意思考的工作。一年下來，一切都非常和諧順利，順利地向客戶提案、順利地完成手上的案子、順利地與同事相處……，順利得有一點太「平」了，而廣告公司，偏偏就忌諱平庸的表現。於是公司以「不適合」為由，讓我離開。

其實我真的很冤枉，硬是壓抑自己，強迫自己做乖乖牌，反而被認為沒才華！這究竟是誤會，還是我真的「不適合」做廣告呢？我的確很難過，但是，難過是不能當飯吃的。這時候我看到自由時報在徵記者，朋友認為這似乎也是一個適合我的行業！幾個朋友剛好也要去應徵，就一起參加筆試和後來的口試。結果，我被錄取了。同行的朋友們，雖然有政大、台大或研究所的學歷，但仍遭滑鐵盧。

上班前去報社報到，要填寫一些員工基本資料、證件。其中一項，是大學畢業證書。你也知道，偏偏我沒有這張紙。我從來不拿這件事來限制自己，所以，當初根本跳過「學歷」那一欄沒填，就參加筆試報名，誰知道不但錄取了，公司還真的要看到畢業證書才讓我上班。這有點好笑……，有證書的這麼多人，都沒考上；考上的我一個，卻要因為沒證書而放棄工作機會？太不合理了吧？我相信，總有人是講道理的。於是我寫了一封信給總編林健煉先生，希望他能網開一面，看我的能力，而不只是看學歷。

他同意了，於是這一封信，替代了一紙大學畢業證書。

十倍速×累積新鮮人的社會資源

記者這個工作，能讓你以最快的速度，接觸社會各個階層的人、事、物。如果「人脈」算是一種社會資產，那麼作為一個記者，你可以用十百倍於常人的效率，急速累積你的「人脈」資產。在自由時報做了一年十個月，跑的是文化線和市政線，認識了很多政治、文化界的人士。也許是因為個性，我又不肯好好照前人的方式做事……，用自己的方式採訪、寫稿。我用武俠小說的筆調來報導市政民政新聞與選戰新聞，有趣又貼切，很快就廣受讀者好評，而且常常獲得頭條位置，讓我的採訪更加順利。

在一次採訪中，遇到藝術學院的老師平珩，因緣際會，我幫她策畫了一齣大型舞台劇《超時空封神榜》。在做行銷包裝時，我用上了在奧美廣告學到的「整合傳播行銷」概念，運用舞台劇和東立漫畫出版的平面雜誌，並且尋求霹靂電視台的合作，搭配布袋戲版的《封神榜》

演出，還邀請到香港影歌壇妖美王子達明一派的黃耀明跨刀登台軋一角……結果，宣傳非常轟動！這不但是我操作的第一個「整合傳播行銷」案例，也因為和霹靂頻道的接觸，種下了未來與霹靂家族合作的因緣。

可能是我的做事的衝勁，和總是熱心的提出各種奇怪的想法，當記者期間，有很多前輩對我蠻感興趣的，誠品、金石堂、JWT、沈富雄等，都曾經和我接觸，尋求合作的機會；我也的確多次提辭呈，打算嘗試新的可能，但是社長林榮三先生對我很好，我的直屬長官現任新台灣雜誌總編輯高天生，每一次都動之以情，強力慰留，讓我在自由時報多待了不少時間，也放棄了一些好機會。

不過，我覺得「念舊情」是好的。雖然不理性，但是，這些人與人之間的珍貴感情，往往能夠給帶我們更大的動力和快樂。我也相信，我之所以能受到這麼多長輩、朋友的照顧和青睞，擁有這些所謂的「人脈」資源，和我重朋友義氣、念舊情，有很大的關係；畢竟，「人脈」並不只是認識一個名字就算數，真正贏得別人的認同和尊敬，才能算是你的資產。

如何更快、更接近成功？

認識的人物愈多，看到的視野和機會也愈多。一面做記者，一面和各路英雄好友合作，不務正業的狀況愈來愈多，最後乾脆請調職位做新聞編輯，上班時間縮短，就有更多的時間，玩自己想玩的事情。

一次和馮光遠合作，本來是想製作一個新節目的試播帶，向台北之音提案，看可不可以攻佔一個廣播節目來玩，結果節目並沒有獲得認可，倒是當時的台北之音台長徐璐小姐，聽了試聽帶之後，願意給我一個節目執行製作的工作機會，而且還是王偉忠先生和趙薇小姐主持的節目，這讓我十分感興趣，便辭去了自由時報的工作，開始進入電台與娛樂圈的領域探險。

當偉忠哥的工作人員，絕對不是一件容易的事。他的嚴厲和面惡心善的苦心，相信培養了許多優秀的後輩。只要是當時最紅最ㄏㄛㄊ的人物，我都會盡量把他們變進錄音室上節目，對於眼中沒有「不可能的任務」的我而言，和偉忠哥合作是刺激而愉快的經驗。

在這同時，因為和先前幫平珩老師策畫舞台劇時接觸的霹靂電視台，一直保持聯絡，便以霹靂集團企畫經理的名義，幫霹靂進行一連串的推廣造勢計畫，從與中華職棒的合作宣傳，到皇冠小劇場的演出，到國家戲劇院的大型公演計畫，讓本土霹靂布袋戲的形象，快速都市化、年輕化，成為台灣從小學生到大學生們的最愛。其中還曾經與當時的《People》雜誌合作，票選政治人物的布袋戲分身代表，宋楚瑜vs.素還真、陳水扁vs.秦假仙、馬英九vs.史艷文等等，一時之間，引為媒體爭傳的話題。

這樣轟動的成功效果，不但讓霹靂集團更加器重和信任，也使台北之音徐璐小姐，願意讓我這個初出茅廬的二十六歲小傢伙，接任電台行銷創意總監的頭銜，替台北之音創造出更勝競爭電台的氣勢與形象。當然，更意想不到的是，這次的布袋戲與政治人物票選，帶來了日後與馬英九競選團隊的合作契機。

兼任兩大媒體的創意總監，是日後多職身分發展的一個開端。也許是同時進行很多事，比一次只做一件事情更快的關係吧，機會和成功，似乎也會來得比較快。

挑戰更大的格局

我有沒有辦法做出對更多人、更有幫助的事情？

有沒有辦法讓自己的格局更開闊、壯大？

「立大志，做大事」，好像是很不錯的目標，夠豪情，夠氣魄！但是，什麼是「大事」？這一年，現任的阿扁市長要和馬英九競選台北市長，是一件所有台北市民都會關心和參與的事，應該算是一件「大事」。但是很慚愧，我並沒有「立大志，做大事」的偉大情操，是這件「大事」找上了我。當時馬英九競選團隊的金溥聰老師與廣告大哥大孫大偉敲邊鼓，促成我出任馬英九團隊的「青年創意總監」，任務是規畫年輕選票。

當時，陳水扁陣營有羅文嘉等年輕新秀，為其操作年輕選票，而馬陣營雖然各路人馬雲集，卻並無適當人選，可與其匹敵，一較高下。

為什麼找上我？我想我有一些特質，是在當時戰情下，馬英九需要的條件：一、本土色彩，二、年輕流行。為什麼我會願意捲入這場政治性的活動？因為，我有一種幫助弱小的本能衝動。當時的馬英九面對民進黨第一戰將，和已經大刀闊斧經營了一任台北市長的阿扁相較之下，勝算並不大，競選團隊的經驗也並不如競爭者，但越是告急勢孤，我越是有興趣幫他打這一仗。

致力於馬英九的本土親和力，更貼近年輕人的生活和觀念，是我在輔選期間的首要任務，所以，規畫了一連串的活動，讓馬英九和年輕人一起學歌仔戲、演布袋戲、參訪廟會、做月餅等。為了造勢，我也和遠流出版合作，策畫了一場別開生面的金庸「射雕英雄宴」，依照《射鵰英雄傳》中黃蓉的佳餚菜單，挑選在與西嶽華山同名的西華飯店設宴，吸引當時的名流、媒體，結果不但成為一時話題，連陳水扁和王建煊這兩位天王也都出席了！再一次意想不到的，造就了我下一波的人生轉折點，因為這一宴，接觸到遠流出版公司的王榮文先生。

選擇自己的戰場

馬英九勝選市長。選舉大戰一結束，我就捲起行李，去東南亞好好度了個長假。

政治，是一件「大事」，也許值得好好做一番，但是，我不想被政治綁住，因為在我眼裡，可以玩、應該做的「大事」，還有太多太多。更何況，「打天下」本來就比「治天下」要刺激有趣得多，最精采的部分既然都經歷了，那些繁瑣的複雜的，就不是我所想要的了。文化，是一件更重要的「大事」。在選戰期間和遠流的合作，讓彼此都有很好的印象，回國後，就和王榮文先生開始進行新的合作方式。

到遠流擔任專案部總監，以及新的智慧財國際公司總經理的職務，與原本出版系統形成「一個遠流、兩個實體」的運作模式。因應多媒體時代的來臨，我認為應該開拓出新的出版型態，具體的案例之一是TVBS的《射鵰英雄傳》三部曲。

在為馬英九和史艷文的連結造勢時，和黃俊雄先生有了接觸。很微妙的是，曾經幫助過霹靂集團的我，這才知道在不自覺的狀況下，捲入一場布袋戲家族的競爭之中。我並沒有能力釐清這台灣最龐大的布袋戲家族之間的關係，我只知道，這家人的布袋戲，一直都是陪著台灣孩子一起長大的文化資產，我要幫助的是，感動、陪伴台灣人的布袋戲。

三月間，遠流成為黃俊雄布袋戲的經紀人，為了推廣黃俊雄布袋戲，我想到去找TVBS執行董事葛福鴻小姐溝通，六月談妥《射鵰英雄傳》三部曲的演出計畫，當作九月TVBS台慶的八點檔大戲，這也是TVBS第一個自製的八點檔大戲。

黃俊雄布袋戲的最大資產，當然就是「史艷文」。與當時熱翻天的凱蒂貓相比，陪伴台灣孩子度過童年的史艷文，應該可以更紅、更偶像的。為了再創售史豔文現象，陸續接觸知名製作人楊佩佩、徐進良、謝洒彪等，企圖讓史艷文由真人演出。另外，也企畫由遠流出版配合

109版

推出限量中、英、日的《史艷文圖鑑典藏特集》兩萬本。

史艷文的多媒體行銷，只是一個概念的開始。如何讓過去的文化，活在現代人的生活裡，更加豐富、燦爛，才是我眼中一等一的「大事」。

年輕創業與整合行銷

因為要讓史艷文重出江湖，想了很多方法，不花廣告費的方法，其中一項，是和誠泰銀行合作。誠泰曾經成功推出日本的「Hello Kitty卡」，我認為，史艷文當年創下百分之九十七的電視收視率，其魅力應該足以和凱蒂貓媲美，史艷文卡的概念，於是誕生。

我的習慣是：為客戶著想。當我向誠泰銀行提案時，絕不是只想著促銷史艷文，而是「史艷文如何幫助誠泰銀行？」甚至會很「熱心」地提供更多額外的建議和想法，希望能幫助我的客戶。我十分清楚：只有幫助誠泰銀行信用卡賣出最好的成績，史艷文才有成功的機會。我想是因為我的真用心，得到誠泰銀行的大力支持，開始有了自己創業的基礎。於是我與好友郝廣才及其他股東以一千萬元的資本額成立恆星創意公司，誠泰銀行、杜老爺冰品、昱泉國際的電玩軟體等，都是我們主要客戶。

我個人的工作態度，非常重視做事的策略、方法、效率，我的行動快速敏捷，但是並不習慣做太長遠的打算，因為計畫永遠趕不上變化，靈活才是商場的必勝要訣。效率是可以提升的，例如周遭瑣事，習慣在每天出門前列出當天的應辦事項，幾個小時就能處理完畢。和同事開進度會議，也只簡單地溝通底線、問題癥結等大原則，其他的就交給執行者去負責。「整合行銷傳播」是我們的主要業務，也是特色，我們以小型公司的結構，結合各種行銷方式，為客戶提供最少花費的最大傳播效果。以史艷文卡為例，我們在元宵節台北燈會，推出二台花車與現場贈送史艷文花燈等複合式event，一場下來就衝出幾萬張新卡的業績！相當於當時中信「聖石傳說卡」幾個月的業績目標。

推廣誠泰銀行的「台灣之子」信用卡也是很成功的案例，因為誠泰各類信用卡廣告不斷，而且每個廣告版本都引起話題，台灣之子、女神龍、史艷文、小王子等，這些創意點子都一一被執行，這也讓誠泰銀行信用卡發卡超過一百萬張，躋身台灣前十大信用卡發卡銀行。昱泉國際的「笑傲江湖」電玩，也在多元整合行銷的包裝下，榮登二〇〇〇年年度最暢銷電玩冠軍。

儘管如此，我還是要承認，在創業的這部分，我是失敗的。因為在第二年，由於股東結構等因素，我們的經營就出現問題，加上當時另外轉投資一家傳播製作公司，終於將第一年賺的錢，全數抵銷，只好決定結束這家公司。

為什麼會失敗呢？

我的公司看起來是十人的組織，但實際上，是一人公司。我發現，我需要一支強力隊伍，我需要學習打團體戰。我一向擅長單打獨鬥，以快準狠的速率進攻，但是當客戶、事務日益發展，愈來愈多的時候，我會出現分身乏術的狀況，當夥伴無法補位作戰時，工作品質就會出現危機。

還好，我是不怕失敗的人。

所以，我學習到：管理，是我目前的最大挑戰，對於優秀人才的吸收和培養，更重要。想要做更多的大事，只靠一人是不夠的；幫助優秀的人，在最適合的位置上放光芒，組織帶領優秀的團隊，將會是我未來努力的目標。

沒有不可能的事

九二一地震之後，有緣和中視董事長鄭淑敏深談，鄭董鼓勵我嘗試向台灣的戲劇製作發展。雖然國立藝術學院戲劇系的畢業證書我沒拿到，但是，對戲劇和大眾傳播文化的熱情，是一直存在的。經由鄭淑敏老師的指引，我開始和徐進良先生合作，成立了「年輕帝國創意股份公司」，開始開拓我的另一片疆土。

把漫畫《風雲》搬上電視螢幕，這個構想一旦產生，我立刻親自坐飛機到香港和馬榮成先生洽談，簽下亞洲獨家版權，而後徐進良導演獨具創見地在劇中大量使用繽紛炫爛的動畫，造就了後來高收視率的中視強檔大戲。當紅的學生偶像劇，我們自然不會缺席，《尋找Mr. Right》等中視網咖系列，從網路小說的劇本挑選、合作模式，到演員的選擇、敲定、拍攝，可能因為成功企畫宣傳，有不錯的回應。《多桑與紅玫瑰》也是一個大膽的嘗試。雖然在女主角的選角上，一

115版

波三折，但我始終鎖定風情萬種的劉嘉玲，演出劇中的多情多刺紅玫瑰，於是我直飛香港，用最大的誠意和周詳的準備，說服了劉嘉玲小姐演出。但是後來卻因為公司股權轉移的問題，將後續的重任拱手讓出，以至於無法周全這齣戲後半段在執行拍攝時所發生的一些傳聞與不愉快；為此，我深深對劉嘉玲小姐，和原著作者陳文玲小姐的託付，感到萬分抱歉與遺憾。

慢慢地，在這個階段的經驗裡，我更加確定：一個人，無法獨立撐起一片天；想做大事，我需要一個組織。我如果只是一顆明星，是無法照亮夜空的；我要的是一群明星的團隊，才能建構出一片銀河。在戲劇製作的戰場上，初生之犢的我，依然面臨了同樣的課題，就是孤掌難鳴，尤其是在戲劇圈，一個菜鳥後進的辛苦，是可想而知的。

人生裡的這一段，算是挫折吧！但也因為挫折，讓我看得更多，想得更深，站得更扎實。一生之中，能平步青雲，好；若有些風雨，就更能試試我的腰桿，有多柔軟，可以多堅韌。

116版

下一個階段，我又要探險哪一個領域呢？我能從經驗教訓之中，學得多少？成長多少？且待下回分解，明天看我。

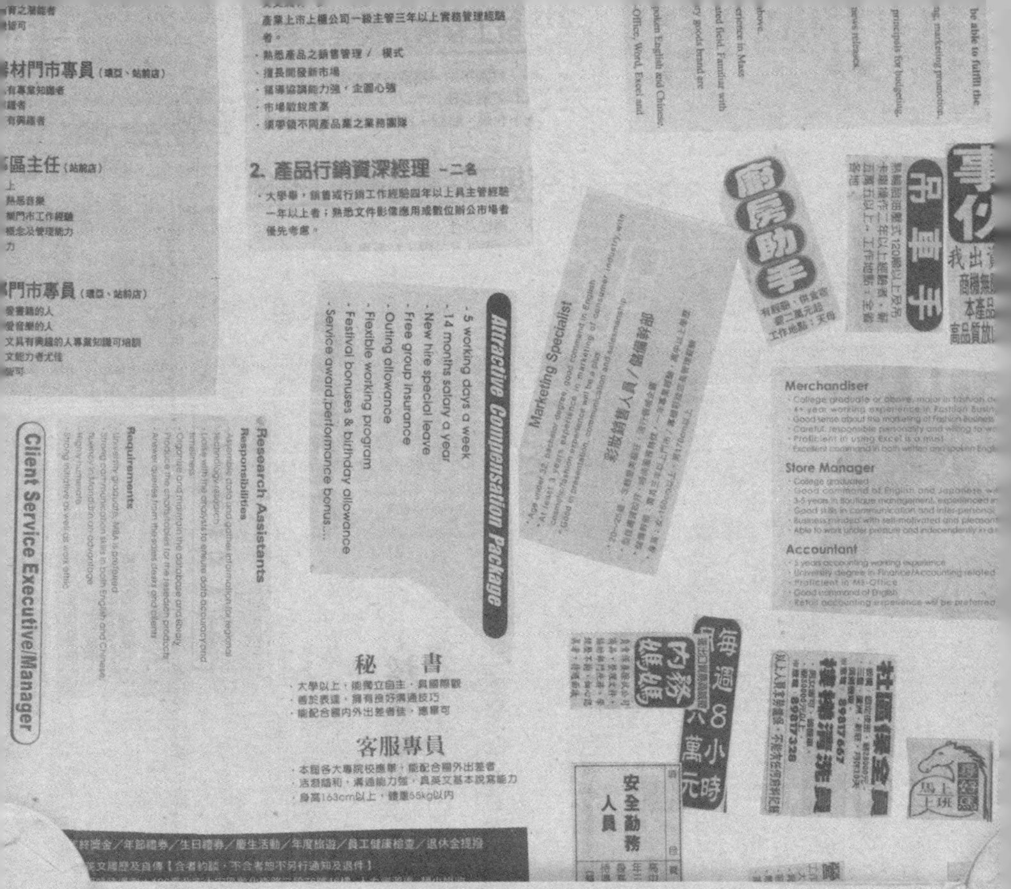
2. 產品行銷資深經理 －二名
．大學畢，銷售或行銷工作經驗四年以上具主管經驗一年以上者；熟悉文件影像應用或數位辦公市場者優先考慮。
Attractive Compensation Package
- 5 working days a week
- 14 months salary a year
- New hire special leave
- Free group insurance
- Outing allowance
- Flexible working program
- Festival bonuses & birthday allowance
- Service award,performance bonus...
Research Assistants
Client Service Executive/Manager
Marketing Specialist
廚房助手
吊車手
Merchandiser
Store Manager
Accountant
秘書
．大學以上，能獨立自主，具國際觀
．善於表達，擁有良好溝通技巧
．能配合國內外出差者佳，應屆可
客服專員
．本國各大專院校應畢，能配合國外出差者
．活潑隨和，溝通能力強，具英文基本說寫能力
．身高163cm以上，體重55kg以內
內務媽媽
安全勤務人員

我的致勝七武器

古龍小說中有「七武器」，去年昱泉國際也推出一部暢銷電玩改編自香港漫畫大師馬榮成的「風雲七武器」，但老實說，我比較偏好周星馳的「致勝七武器」。

網友們將《食神》中的折凳、《九品芝麻官》中的先王御賜尚方寶劍和《唐伯虎點秋香》中的唐家寒鐵霸王槍等，列為周星馳的「致勝七武器」。雖然，玩笑歸玩笑，但這卻也是這位華人世界搞笑天王成功創造一種全新流行文化的「證據」。

周星馳能創造屬於自己的「致勝七武器」，我為什麼不能？你不也可以嘗試看看？

從一九九七年成功將霹靂布袋戲行銷到流行舞台一直到現在，短短五年間，我的人生可以說是變化多端和琳瑯滿目的，很多人訝異於我的少年得志，有的甚至會很好奇地解剖「潘恒旭」這三個字。其實，我只不過是善用年輕的特質，來追尋自己一直以來的夢想而已。

就像《牧羊少年奇幻之旅》中的男孩，「當我在追尋著夢想時，每一天都是繽紛的，每一小時都在實現夢想的一部分。」小潘其實也是個平凡的牧羊人，但不是放羊的小孩，我做夢，但我知道我做的夢是真的！我一直相信這個城市，是只要努力，夢想就會發光、發亮的。我這麼想、也這麼做。

所以，我要鼓勵每個人都能把握時光，善用自己年輕的特質，讓夢想成真。我也很樂意提供自己的「年輕致勝七武器」，同時也分別就每一項武器，說說一些親身經歷來與大家分享。但千萬得記得，我是我，你是你，每個人都有屬於自己的處世方法和成功之道，我的心得能夠提供大家參考，但並非完全適合喔！

勇氣

勇氣是致勝的原動力。很多人會認為「夢想不過是夢想」，始終缺乏夢幻成真的主動性，其實，夢想本來就是自己最初、最直覺的目標，為什麼要將它貼上一個「這不過是一個遙不可及的目標」的標籤呢？鼓起勇氣去追尋夢想吧！只要是自己想做的事，千萬別輕易放棄！

案例：布袋戲進入國家劇院、黃俊雄和黃文擇父子同台

當我決定要將屬於台灣本土文化的布袋戲帶進流行舞台時，第一個想法就是：「總有一天，我要讓布袋戲進攻國家劇院」。當時，布袋戲雖然在民間流行，卻仍然無法在主流娛樂媒體中佔有一席之地，這個想法曾經讓不少人嗤之以鼻。但我偏不信邪，結果呢？不但霹靂布袋戲之《狼城疑雲》成了國家劇院公演的戲碼，還連六場，近乎場場爆滿；我們還在報上刊登詢問戲迷是否加演下午場的廣告，結果一天之內擠進數萬通電話，要求加演。

121版

而黃俊雄布袋戲《射鵰英雄傳》更取代了港劇，成了TVBS首部自製的黃金八點檔，布袋戲也藉著金庸先生名著之便，配上國語，登陸彼岸。而在向觀光局台北燈會提案時，我以「金光閃閃、瑞氣千條」八字布袋戲真言，順利讓「史艷文」成了二〇〇〇年台北燈會的代言人，也讓史艷文這台灣本土偶像登上誠泰銀行信用卡、昱泉國際的幼教光碟、電玩等新媒介。

另一項「不可能的任務」，是讓后不見后的兩大八點檔女優張玉嬿與蕭薔同台。張玉嬿與蕭薔都是八點檔一線女主角，但兩人多年來各據一方，從未同台出現。藉著「九二一集集賑災」布袋戲義演的機會，有機會讓張玉嬿代言「苦海女神龍」，蕭薔代言「莫昭奴」，也讓霹靂布袋戲和黃俊雄布袋戲在國父紀念館攜手同心。

這些背後都有著不怕被拒的勇氣支撐。我想，只要能將「不服氣」和「不信邪」化為力量，鼓起勇氣去做，就有機會敲想順利的大門！

不怕變

年輕最大的本錢就是不怕變，因為你一定有足夠的時間和空間來修正一切的「變外之變」。書本上所學固然重要，但並非絕對，因為你身處的環境和社會脈動是一直在變動的，墨守成規往往是人生的一大罩門。

我的不怕變，最直接、也最印象深刻的經驗是從自由時報記者轉變為台北之音的節目執行製作人。其實，在一般人眼中，身為一個大報記者，不但待遇優渥、社會地位高，只要肯努力，也的確能夠學到很多，反而是電台執行製作人的工作，看似相形失色不少。但是我還年輕，我相信，有時候退一小步反而是更能大步向前的關鍵。

台北之音的工作不但讓我的一些想法得以一一印證、執行，並且能夠從徐璐、王偉忠和蔡康永等成功媒體人身上學到更多、刺激成長。也因為我有勇氣求變，願意突破窠臼追求創意，這些亦師亦友的前輩們也都很樂意給我更大的空間來玩自己想玩的事。

123 版

有一句話是「機裡藏機，變外生變」。這個社會是不斷地變變變的，
你一定要不怕變，因為「不變則退」啊！

不怕生

不怕生道理是一般人比較容易理解的，這也是要能夠在社會上生存的基本要素。

最容易體會不怕生的也許是sales，因為非得要敢面對陌生人，才會有業績。其實，相同的道理下，要累積人脈、想完美成就一個個案，也得勇於迎接各種不熟悉的人、事、物。

在霹靂布袋戲成功走在流行尖端之後，我轉戰遠流出版社，全力經營黃俊雄、黃立綱父子和《史艷文》、《六合三俠傳》兩個曾經「轟動武林、驚動萬教」的題材。《史艷文》在整個工作團隊的通力合作之下，透過各種媒介和多樣產品，成功地喚回老戲迷三十年前的記憶，也讓年輕一代領略到本土偶像的魅力。但是，為黃俊雄、黃立綱創造全新舞台也是我最初的想法之一。於是遠流董事長王榮文先生和我不約而同地都想到要將金庸小說改編拍成布袋戲，《射鵰英雄傳》就這

125版

麼攻進TVBS的黃金八點檔。

《射鵰英雄傳》籌拍的同時，也開始搜尋下一個可能的題材，很快的，屬於華人、最受兩岸三地歡迎的漫畫《風雲》就成了我的新獵物。只不過，我這個人一向是不甘寂寞的，《風雲》既然可以拍成布袋戲，當然也能夠拍成電視劇，目標既定，我就以最快的速度聯絡上《風雲》的創造者馬榮成先生，並且飛到香港談合作案。

坦白說，我與馬榮成沒有任何淵源，對我而言，他原本是個陌生人。但馬榮成既然是個流行的創造者，一定可以接受「再造流行」與「流行加乘」的概念。於是，我的不怕生，掀起後來《風雲》電視劇的前緣，《風雲》布袋戲雖然因為黃立綱的入伍當兵造成進度延遲，但後來我順利簽下風雲漫畫電視版的亞洲獨家版權。

因為工作需要，我從來不怕生，像為了尋求《風雲》電視劇的合作對象，我單槍匹馬到新加坡報業傳訊電視台約節目部總裁文樹森先生談合作。為了找尋《多桑與紅玫瑰》的最佳女主角，我飛到香港君悅酒店咖啡廳，遊說劉嘉玲接演；我深信「一回生、二回熟、三回是朋友」。在香港時，第一次與以《尋秦記》紅遍兩岸三地的新派武俠大師黃易在出名的「鏞記酒家」碰面，雖然當時他已將《尋秦記》的電視版權授權給香港TVB拍攝，我的心態是談不成合作，也可以是朋友。

要做大事一定要不怕生，不過還是很多人辦不到。想一想，就算是真的「丟臉」了，不也是前進的一大動力嗎？

127版

不怕輸

每個人都知道「輸了，再爬起來」。但這老生常談卻永遠是致勝的不變真理，所以我還是得一再提醒大家，也提醒我自己。很多人都知道小潘這個人完成了許多「不可能的任務」，但在戲劇製作這個領域其實是有許多不如意之處，這我當然不否認，而且引以為誡。

對我來說，拍戲本來就是外行，要切入這一行，還是得主攻最拿手的企畫部分。但是我還是忽略了這個圈子的複雜性，在規畫時未能將一些「遊戲規則」考慮進去，結果，雖然最後事情還是完成了，但成果不盡理想。所以年輕帝國創意媒體公司只營運了一年多，就宣佈打烊。

雖然失敗，但卻也得到對等的收穫。我因此體會到自己個性上的部分缺失，思考的方式不再是經常以「我」為出發點，而是得同時考慮到「客戶」、「伙伴」和「自己」的心情或利益。也明白了創業的過程不能再像以往那般單打獨鬥，而是群策群力，讓工作伙伴和自己一同成長。

我勉勵自己要不怕輸。輸了，反正還年輕嘛！輸了，調整策略，再試幾次就好了。

主動

有了勇氣，能不怕變、不怕生、不怕輸之後，就得懂得主動出擊了。要知道如何主動出擊，多少得牽涉到所學部分，甚至是專業領域，因為你得要有足夠的判斷力。

在奧美寫文案是我第一份工作，在那裡我學會了第一流廣告公司的操作模式與行動力，也奠定了我未來「整合行銷創意傳播」的概念與做事方法。有了這項「護體神功」，就可以輕易地解讀標的物所有相關的市場訊息，做出第一手且最中肯的判斷，進而主動出擊。

霹靂布袋戲的創意行銷案是如此，合作夥伴都是我一通一通電話親自約來的。誠泰銀行的信用卡廣告行銷案也是如此，當時是我主動向誠泰銀行少東林致光先生提案，獲得他大力支持，才有一系列精采的廣告；昱泉國際大賣的笑傲江湖與神雕俠侶電玩也是。每一個策略聯盟都是我們與客戶主動出擊去串聯而集結的，這些案子的順利，不僅是企畫案創意夠新夠好，更大的關鍵是時機，判斷出最佳的時間點，結合最恰當的合作伙伴，再加上主動出擊，一切便水到渠成了。

執行

沒有了執行面，一切都是空談。年輕的好處就是活力夠，可以全力衝刺，所以在執行時，就算有些許不成熟也無需擔心，你可以用「多做」來彌補缺憾。

過去我習慣單打獨鬥，就算是有其他工作伙伴，也多半是在我的操盤下來共同配合。這種方式不能說不好，因為這也是一種做事方法，而且有些個案也的確需要一個創意中心來推動進行。

霹靂的行銷案就是如此，最初的我其實是以「客卿」的身份來為黃強華、黃文擇診斷該如何將這項以民間流傳方式為主的文化成為普羅大眾的最愛。當時我就認定必須要有非常的創意與作法才能成功，於是我只運用了最少的人力、結合自己的人脈和霹靂原有的素材來推動既定的想法，很快地達到連自己也難以想像的成效。

在我創業之後，經營的事務增加了，跨越的行業也多了，這些事看似都是單獨的個案，但實際是多少都可以有關聯的。這樣的環境下，單打獨鬥就難以奏效了，我必須結合優秀的工作伙伴來組成團隊，一起來打拚。舉例來說，要拍戲，就得要找到真得懂得製作優質戲劇的人才，在專業的領域上充分授權，可是戲劇製作也能與其他廠商相結合，無論是導入「植入性行銷」或是規畫周邊產品、宣傳活動時，都能發揮相加相乘的效果，所以也得要有手法熟練的傳播行銷高手來配合。

當然，執行面是最需要學識與經驗的，這點馬虎不得，如果覺得不足，也只好做足準備工作，或是尋求優秀的外援，想得周全些，成功機率自然高得多！

133版

熱情

年輕是最具熱情與活力的，但是失敗卻容易讓人產生倦怠感，成功也容易迷失自我。這時候，可千萬別忘了當初下定決心追求夢想的初衷。

在過去七年裡，我的成功經驗多於失敗。因此，真正的失敗，在某種程度上對我的自尊與自信是個相當的打擊。只不過，這種打擊比起那些不斷冒出來讓我覺得有趣、好玩的事，實在不算什麼，所以，我永遠保持對新事物的好奇與熱情。

相反的，在接連的成功之後，勝利的滋味往往讓人沖昏頭。收入的增加、名譽的提升常常會讓人失去自我，減緩自我充實的進度，然後做出錯誤的判斷。但同樣的，我對喜歡事物的追求總是永不間斷，一再的成功通常只會讓我在做下一件事時更具信心。

在我的「致勝七武器」中，保持熱情是最難拿捏的一環。因為不管是成功、失敗或是持平，隨時都有可能失去熱情，這樣的經驗我也有過，只是我的過渡期通常都很短。
那麼就永遠保持一顆年輕熱情的赤子之心吧！

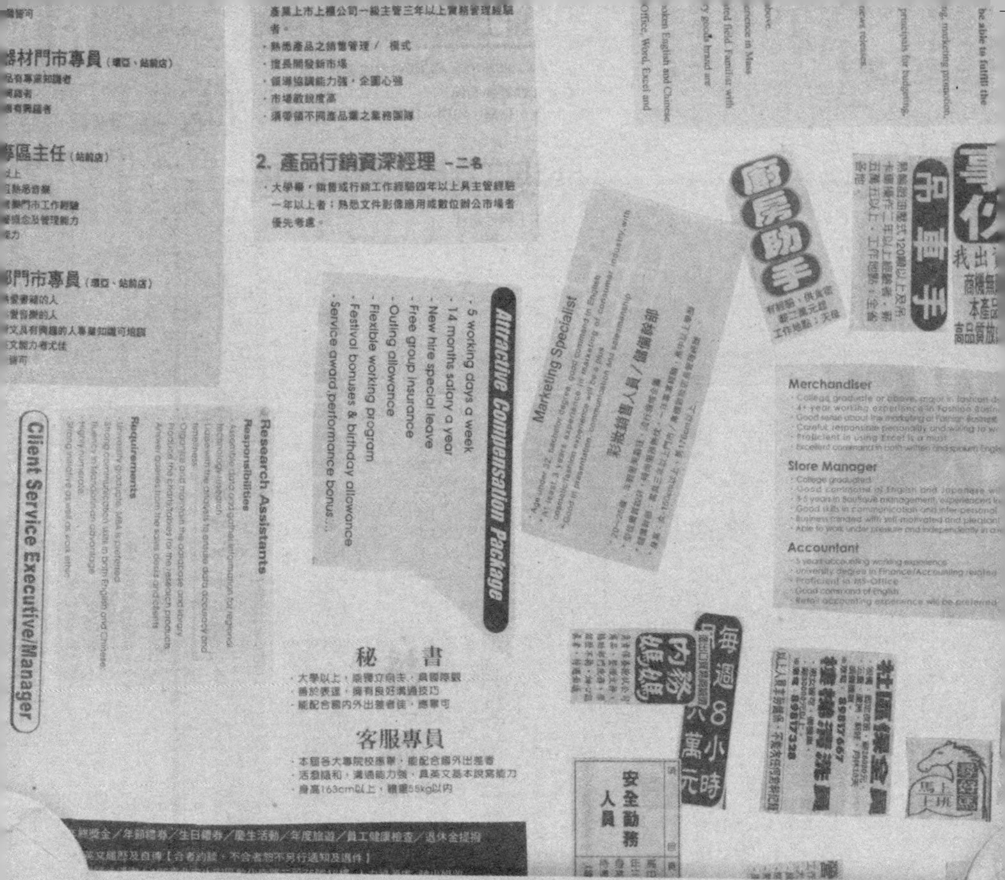
2. 產品行銷資深經理 一二名
Attractive Compensation Package
- 5 working days a week
- 14 months salary a year
- New hire special leave
- Free group insurance
- Outing allowance
- Flexible working program
- Festival bonuses & birthday allowance
- Service award,performance bonus...
Marketing Specialist
Research Assistants
Client Service Executive/Manager
秘書
客服專員
廚房助手
Merchandiser
Store Manager
Accountant
安全勤務人員
每週 8 小時

冠軍求勝意識篇

就業的觀點

我就業的觀點，不標榜功課有多好，而是他的專才，我覺得每一個人，在台北其實只要活的快樂，有個立足點就很夠了，你不需要有多高的學歷或是多強的背景，當你能夠將生活過的很快樂很值得也就是很足夠了，現在許多父母親也都還停留在過去保守年代的觀念，認為孩子只要尋求一份公職或是教職就好，但卻忽略了時代的不同與資訊層面的快速發展，不僅是對現階段的青年有所衝擊，甚至是深遠地影響我們未來的生活，現在的我不僅可贏得年輕人的心，接下來更重要的任務，便是扭轉做父母的觀念，我想天下父母無不希望兒女成龍成鳳，但是相信你看過我的成長故事之後，你必須相信所謂「兒孫自有兒孫福」。

沒有對手

說實在的，我現在走到這個階段，我會覺得有點寂寞，沒有對手的寂寞，我覺得我具備這樣的能耐，是因為我有過去的那些經驗，如果沒有繞過三百六十度，沒有繞過這些，就不會有今天的我。我很感謝我離開了遠流，去做了廣告、電視。我覺得我是切入到entertainment這一塊我才懂得用屬於我的這種方法操作我的創意。許多人認為我很出色，與其說我很幸運倒不如說我懂得運用連結點，我在流行文化方面的敏察度與實踐力很強，因為我認為流行文化就是生活，就是life style。而是又是一個認真生活的人。

問題不會是問題

在思考問題的方面，我在想 idea 和解決問題的步調都很快，行動力更是我做事迅速準確的原動力，在我看人的時候，往往都能夠看出一個人的能力所在，甚至是開發出未經訓練的潛能，我喜歡給予比我年經的後生晚輩各種機會，這樣也能夠帶給新人類更多的表現。其實我覺得我一個人可以開一家公關公司，而且不會打輸，透過各種不同介面的合作，許多事情其實都可以變成良性競爭甚至是雙贏的局面。

我的責任其實就是給人歡樂溫暖

我的作品向來是帶給人歡樂和溫暖，當誠泰銀行的燈會在發放燈籠的時候，我感覺很棒，我很喜歡看到人家闔家團圓的那種for fun和溫暖，我覺得這樣才是最高級的，一件事情給予我多少資源，我就一定會做到淋漓盡致的境界，現代人缺少的感覺，我可以把它給找回來，那是一種莫大的使命與成就感。

做功課

通常我去interview一家公司，都會做功課。我要非常了解那一家公司，包括他們最近的作品還有歷來的作品，或是這家公司的背景，我是一個很喜歡閱讀的人，我不是看那種很專業的書籍，而是我很喜歡收集information，我對information的東西很了解，隨處看都會是我靈感的來源。

我是一個非常會擅用自己資源的人，而且我不會害怕，我喜歡傳統又喜歡現代，我對傳統的東西會有許多的美好回憶，很多年輕人是不屑舊的回憶的，可是我又是年輕人裡頭不會忘卻雋永事物的一分子。而且我是一個文化人，又懂行銷、流行，又有藝術層面的領悟，其實這些層面的人都互相仇視、封閉，可是我打破這些界線，從我第一個作品一直到現在我都是一種融合，所以我覺得我身上就是一個古老的靈魂跟年輕的軀體，假設我可以把它運用得非常好，我其實可以感動這個城市所有的人。

我覺得既然我有這麼多個面向我就應該好好運用，就像同時有好幾個人住在我的心裡，我可以具有不同的思維，所以我常覺得只要用我頭腦的十分之一就非常夠了，偏偏我那九個兄弟又同時會跑出來。我的東西都不是一種專業知識，是一種life style，同時我覺得這種life style很舒服。有些人觀察我和老闆的關係，他們覺得我好像總能通過大老闆的魔戒的考驗，然後成為他重用的人，其實我並不這樣覺得，我覺得我在和自己競賽，因為當一個任務交給我的時候，我會把它發揮到極至且不會留一手。

越捨越得

我覺得我是越捨越得，我越丟掉我得越多，不論是在事業或是感情方面，我覺得我現在對感情的看法是很「清澈」，我就這樣孤單無所謂，因為我覺得寂寞是我最好的朋友。我鼓勵薇薇夫人寫書，她本來拒絕寫書，我告訴她說你不是為了賺錢，我其實看到一件事情，台灣的老年人總是把生命放在兒女身上，我告訴薇薇夫人你應該要讓這些父母知道她們應該為自己而活，然後我覺得我一定要學到一件事情以及我這一輩子一定要提醒自己，我是為自己而活，像打選戰一樣，我是在執行，當一個任務、當一個機會來的時候你怎麼樣把它發揮到至上的境界。

我想做義工

有人說我適合去擔任傳教士的工作，但是其實我真正想做的是義工，特別是在親職方面，因為我覺得台灣的教育很有問題，如果你看過我的成長歷程，其實我早已該死了一百次以上了，但我活了下來，我希望父母跟老師的觀念要改變，這部分才是我寫書的真正目的。我覺得我下一階段的人生，我要的不是錢不是名不是利，其實也不是自己的灑脫，不過我覺得應該有更多人要勇敢地做自己，然後跟自己賽跑。

年輕人敢做夢，未來不是夢

就拿有關誠泰銀行的部分，我是大膽採取以小搏大的策略，發行台灣之子信用卡、小王子卡、笑傲江湖卡，都是運用當時最能夠聚集人氣的產品特色，加上一連串的宣傳與造勢活動，更配合不同的節慶以貼近現實生活，成功地打下了誠泰銀行在信用卡發卡量的江山，其實所謂的夢想真的不是夢，有一個想法就去築夢，只要你願意去做，這夢就會實現。

145版

社會潮流脈動與教育省思

其實我人生的路程中，接受到掌聲是從開始成功以後才有的，從小到大，家中最不被看好的小孩就是我，自己一路在台北奮鬥，直到媽媽有一天看見自己小兒子的全版報導被刊登在報紙上，才知道自己的兒子是真的成功了！

我在大家庭中的成長，父母大多是用打罵的嚴厲方式來管教，常常達不到標準的我，就會被父親一陣毒打，我的眼淚掉都不掉，一轉頭就賭氣回房，躲在自己的房裡窩著棉被大哭，這樣的戲碼不斷上演。還記得爸爸曾經給了我一巴掌，大罵我這個兒子沒出息，甚至連哥哥都一度不願意和我同桌吃飯，我也曾好幾次痛苦到想自殺，不願自己在這樣的環境中活下。但或許是久了就麻痺了，這樣的念頭隨著年紀的增長也就漸漸消逝，有時告訴自己乾脆好好大睡一覺，隔天醒來便覺得好舒服，這一切都不算是什麼。

過去的年代，父母將孩子當作是自己的財產，想要望子成龍、望女成鳳，所採取的方式卻不見得適合孩子，我認為做父母的所該做的是在孩子跌倒時，扶他起來；孩子跑不快時，你再怎麼快也不能幫他跑，孩子需要的是背後你最溫暖的雙手。孩子不該是父母的財產或投資，過去所有的偏差觀念引導著錯誤教導方式，我就是一個身受其害的例子，但是我並不怪我爸媽，因為那是那個年代所產生的現象，但是現在的社會脈動早已不同，教導孩子的方式也必須跟著活起來。記得我曾在一場演講中，提到有關教育的議題，如果做父母的現在能夠陪著孩子看電視打電玩，未來領袖就有可能是在你的培育下蘊育而成。

台灣的教育是需要模範的，我想多元的教育方式是必定要的，因為我們的生活已經不是戒嚴時期的壓抑了，請各位做父母的不要再繼續延續過往的觀念來教導孩子，回頭看看自己過去的成長，如果你跟我一樣辛苦，甚至比我還可憐，那也請同情你的孩子吧！他們大可以在更多采多姿的環境中學習與成長，許多孩子的成功都是靠不斷地壓迫而來的，自認是活讀書的我，總納悶為何明明寫過一遍就記得的東西，卻要浪費時間去寫十遍呢?!

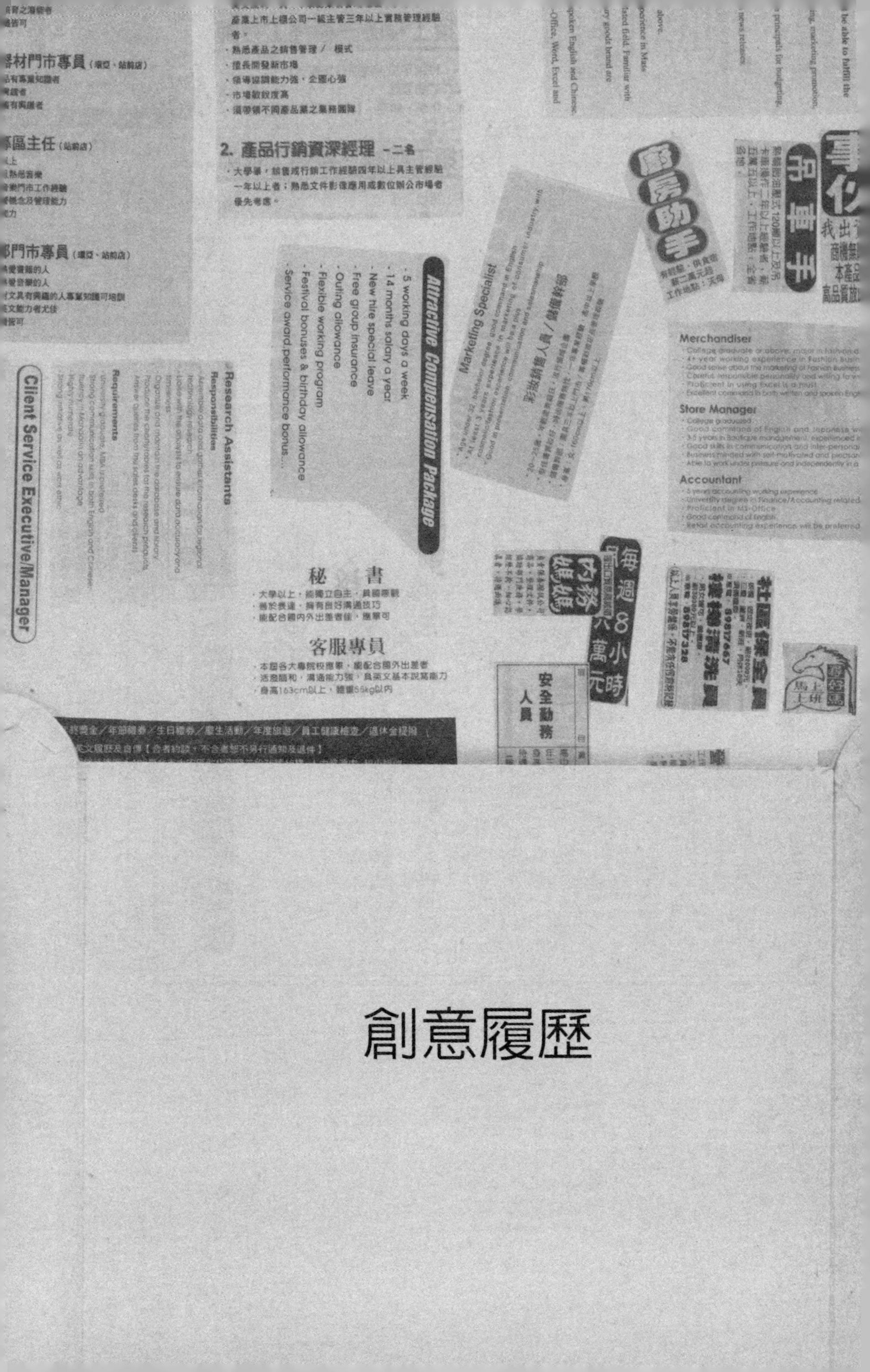

創意履歷

I. 鼓勵創意變大膽呈現

寫履歷像寫情書

首先，你最好拋棄所謂的「求職大全」，很多人都喜歡一份履歷走天下，這是最錯誤的方法！最好先想哪種工作是你最喜歡的、最想要的，就像追女朋友一樣。假想你今天在pub裡，你不能沒有方向、目標，然後過去這個也好、那個也不錯，接著也只會問說「小姐，我可以請你喝一杯嗎？」結果老掉牙的把戲最後蝦米都沒把到。倒不如選定一個你真正所想要的對象，然後殷勤一點、持續一些、長久一點！

另外就是必須要了解這個公司的職場風格為何，倘若這個公司喜歡點子多、創意強，你就該大膽展現，如果公司喜歡任用穩定性高的人，保守端莊就是你勝出的關鍵，這就是對症下藥前的把脈功課。履歷就代表著你給公司的第一印象，當然要用心來寫。

千萬不可用一般文具行賣的十行紙，簡便履歷隨便寫寫就了事，這種沒有帶著感情的履歷是無法讓人印象深刻的，一份好的履歷不僅要用心更要帶感情，千萬不可偷懶！把它當作寫情書來寫就對了，真情是唯一動心的祕訣。

低學歷的人又如何有高就呢？

運用「累積」的方法來提升自己，像我本身並未在大學獲得文憑，但是最初在奧美廣告以及自由時報的兩份工作，讓我累積了更多經驗與實力，同時也因為這兩個極佳的職場招牌，讓我在尋找第三份工作時能夠更順利！

這就像是爬樓梯一般，當你運用爬樓梯的原理一步步來累積自己的實力，先從基本的職位開始做起，由低到高慢慢向上爬升，雖然比較辛苦卻也更為扎實，不像搭電梯或是手扶梯一般，快速卻不穩定；當然，在這扎實的過程中，你的主管或同仁也更能夠發掘你的耐心與毅力！

我本身也是靠著不斷地累積才能夠擁有這麼多，當我與台灣七大專業經理人聊到有關用人的議題時，其實會發現到學歷並不是決定一切的致勝關鍵，那一張薄薄的證書，並不能夠在你未來的職場上擔保些什麼，許多高學歷的人更是容易犯「眼高手低」的毛病，總認為自己的學識與能力遠超過職位所需，徒有學院派的論辯卻忘了最基本的經驗累積，那些放不下身段的人，往往是無法被企業主所賞識的。

「熱門」由自己創造

要有一份好工作，必須能夠充分了解自己的性格，具體地知道自己適合哪種工作性質，做到適「性」而為，也就是確實掌握自己本性的優缺點，並且在自己與工作之間找出一個最適切的連結點。

例如：擅長圖表分析與具數字概念的人，在金融或財務方面的表現能夠較有展現；而個性活潑外向好動的人，就別把自己關在辦公室裡，或許跑跑業務、接觸人群才是你所喜愛的。

別一窩蜂地將自己投身進熱門行業裡，事實上沒有所謂的冷門或熱門的差別，所謂熱門的行業也可能被澆熄而成了冷門，而現階段的冷門卻也能夠因為一鼓熱情成為熱門！熱門不熱門完全是看自己去創造，你必須創造出多元的價值，讓這個多元價值是只要有適合的生存環境，它便會應運而生。

2. 面試要訣

「星座」求職法

當你一聽到星座的反應是如何？是女孩子才懂的玩意兒?!還是新新人類的專利?!其實現在星座學說的發達，不論是報章雜誌、電視節目或廣播都一直在討論有關星座的議題，儼然成為大眾生活中的一部分。在我個人而言，星座話題普遍的結果也讓我對於十二星座有多少的涉獵，是透過一套概括性、系統性的論述，去了解不同人所具有的不同性格與特質。

這不僅常運用在與朋友的談話中，甚至是在面對你的求職對象時，也能夠用來輔助你該運用哪一種態度與方式來建立良好的溝通模式，因此基本的星座知識可以成為職場上的助力，因為不同星座的人可以用不同的方式來跟他打交道，甚至決定我們的攻勢必須冷靜或熱情、疏離或溫暖！在一般的社交場合，話題的開場白其實是可以運用這個方法來開始的，同時也不妨多注意一下你身邊的家人、朋友或工作同仁，你就會發現研究星座也能夠帶給你許多的體悟與樂趣。

誠實面對自己與別人

153版

在面試時，能夠以誠懇的態度來面對是很重要的，願意把自己缺點告訴對方的人，會比讓對方發現你優點的人要來得好，也會比不斷強調優點、掩飾缺點的人要來得好。腳踏實地去做，會比浮誇的人要來得輕鬆，倘若不主動誠實就算了，欺騙的後果會更慘，牛皮吹大了，總會有被戳破的一天！誠實的好處，不僅能夠在面試時贏得好感，同時在你工作遭遇到困難的情況時，你的上司與同仁也能夠知道何時該助你一臂之力。

原創風格

量身定造一份屬於自己的獨創特色，原創真的可以當作是一種修練，同時更能夠培養對一份工作的熱忱與戰鬥力，我認為台灣真的是餓不死人的地方，只要你有足夠的努力，就可以收到效果，從路邊攤小吃到高級企業主，不都在想盡辦法推陳出新嗎？

台灣有許多的活力與特色，其實就是在人與人的競爭下不斷激盪出來的。千萬不要自我設限，也不要完全套用別人的方式，如果別人穿藍色襯衫好看，那你也一定要這樣穿嗎？剪個跟偶像一樣的髮型，或許你也會發現路上多了很多模仿者，但是，真正屬於你的風格在哪裡？做個獨一無二的自己最重要。

從失敗中整合經驗

如果被拒絕了，怎麼辦？千萬不可自暴自棄，累積多次的經驗，這就是在幫自己做方向的調整，一次的成功除了努力還須靠運氣，如果運氣始終不在你這邊，這就得好好想過你的策略與方向是否可行，從多次的失敗中找到更屬於自己的一套方法；過去的偉人，課本中的革命故事，其實在我們唸書時就不斷強調這一點。

再者，所謂「塞翁失馬，焉知非福」的道理無人不曉，失去了這個機會，下面還會有更好的出現，其實也可能是命運之神暗示著你有更好的路要走！我也是這樣，我從不做生涯規畫，但我每一步都走得很踏實。

3. 求職停看聽

名人前輩推薦法

另一個找到好工作的辦法，就是不妨透過熟人介紹或推薦，但是親戚與情人就請千萬避免，因為在這塊小小土地上，許多事情都會以「情、理、法」的順序來排位，往往造成在工作上牽扯過多干擾的因素，同時也容易造成雙方甚至是三方面的困擾。若是能過透過朋友或舊同事的引薦，或許只是小小的牽線動作，就可能帶給你許多的機會。

除此之外，推薦信的運用在國內過去的求職生態中比較少見，但是不妨效法國外的作法，請過去的上級長官或師長為你寫推薦函，透過第三者的角度來給予中肯的薦言，倘若面試的主管看到自己以前老闆或同事所寫的推薦函，這一定會令人印象深刻，相信也能夠為你的求職表現加分！當然囉，我也樂意幫讀者寫推薦信，只要你能說服我！

多換工作 多學習

許多人大概在想我很愛換工作，其實我一直都在接觸領域相關的工作，從廣告到報紙再到出版、媒體……，我所轉換的跑道並非南轅北轍，而換一個工作之前也是會有一份代表作，給自己的期許也是學習新的專業知識。鼓勵大家趁著年輕時多涉獵不同的事物，換工作並不代表不好的事，如果你能夠在不同領域學習到不同的專業知識，同時也讓自己多具備一種專業能力，年輕人應該多嘗試、多學習，但仍應該掌握一個主要的focus。

例如我的focus就是在傳播類別，我修練自己的角度在三百六十度的廣度，做一個三百六十度的整合，我今天在從事行銷創造主題時，就不會只帶著某個類別的本位主義，而是會從一個圓的中心點去創造議題，並且設法讓每一個角度都不會有死角，做一個沒有死角的行銷主題。

千萬別為換工作而換，在我換工作之前，每年我都有屬於自己的代表作，一個接一個不斷地累積自己的分量，當你達到一個程度的分量時，這個分量就會將你帶到下一個工作去！就像所謂的終生學習，不僅年輕時要多學，往後不斷地累進深度與廣度，才是最佳的策略。

英文不怕不好

無需擔心英文不好，只要你敢講、敢犯錯、敢學習、敢去糾正，不要有任何的恐懼症，也不怕出身低，面子薄的就多跟厚臉皮的學習，學習外國語言就是要把自己丟進去，一旦你能夠接受自己，別人也才能夠肯定你！從生活中學習語文，簡單的對話與招呼，外國人不怕你講錯，只怕你不講，愈是不講就愈不懂，愈不懂就愈害怕，東方人的謙虛與嬌羞，在這方面是派不上用場的！

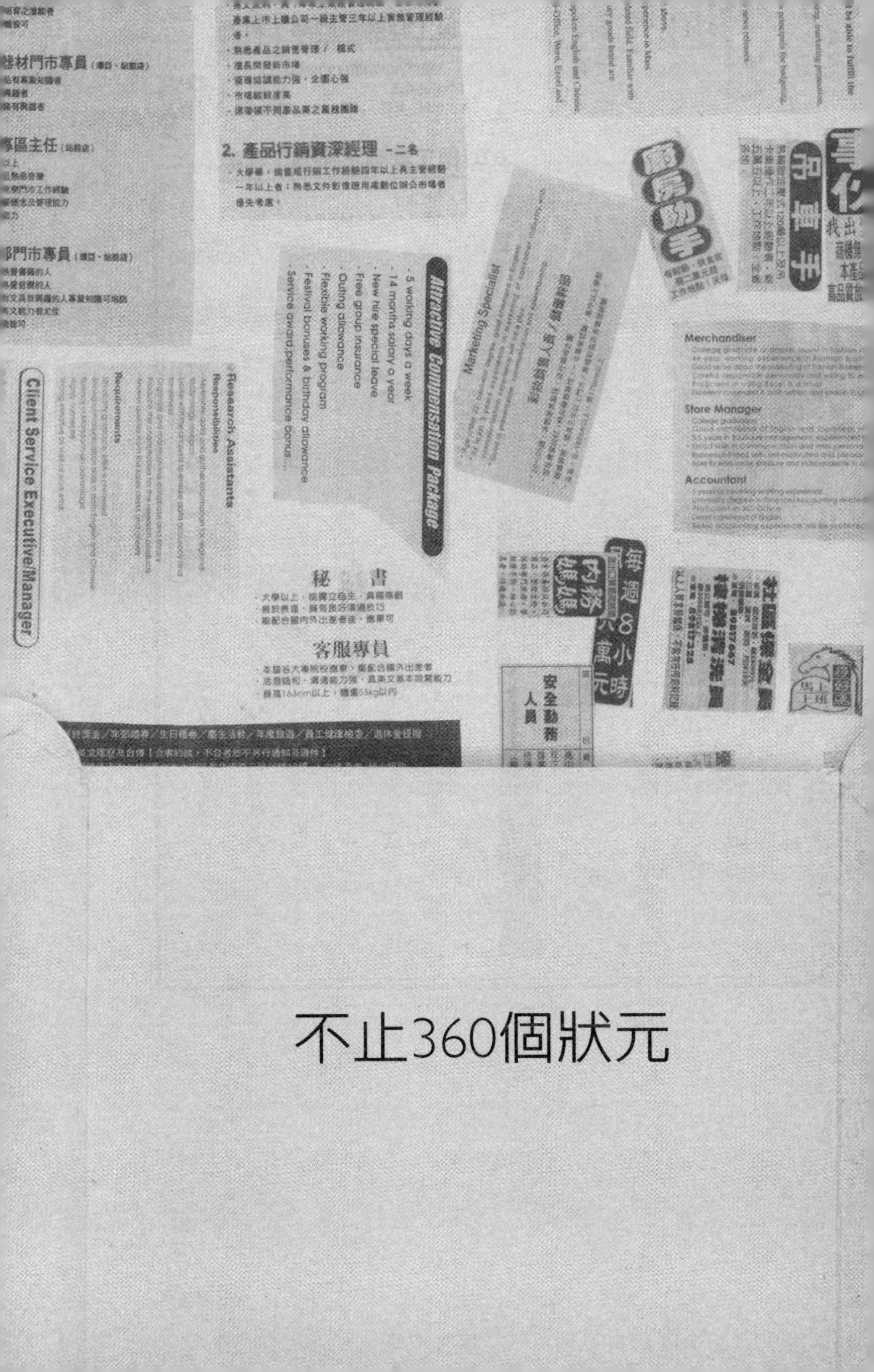
2. 產品行銷資深經理 －二名
・大學畢，銷售或行銷工作經驗四年以上具主管經驗一年以上者；熟悉文件影像應用或數位說公市場者優先考慮。
Attractive Compensation Package
- 5 working days a week
- 14 months salary a year
- New hire special leave
- Free group insurance
- Outing allowance
- Flexible working program
- Festival bonuses & birthday allowance
- Service award,performance bonus....
Marketing Specialist
Research Assistants
Client Service Executive/Manager
秘書
客服專員
廚房助手
Merchandiser
Store Manager
Accountant
安全勤務人員
每週8小時
內務媽媽
社區保全員
馬上上班

不止360個狀元

時機歹歹，哪個人不想好好賺錢，但是各行各業的賺錢方法又不盡相同，其實只要抓住幾個要訣，不論你是從事哪個行業的人，只要多點創意再加上努力，包你的工作可以變成人人稱羨的高薪搶手貨。大家一定還記得一個很典型的作文題目「如果我是……」吧！如果你現在仍是賦閒在家或是也想換換跑道，不妨來個腦力激盪，想想哪種行業是你所嚮往的，接著加點創意巧思還有行動力，你的夢就不再是夢。

八大冷門行業　用創意變大紅燈籠高高掛

1.計程車也奉茶

如果我是計程車司機，這份工作將以熱情服務法為準則，車子的基本配備與自身的服裝儀容當然是首重的要點，但開計程車的客源多是隨機選擇的，與其依照把客人載到哪走到哪的傳統方式來跑，到不如只做熟客的生意，或許加上名片、冷熱飲品、悅耳的樂聲、簡單的書報雜誌、PDA這五項法寶的幫助，難保你不會把我的名片收好，等你下次要出門，一定不想坐上惹人厭的黃包車，你就會想念我車上的頂級配備還有我的親切笑容喲！

2. 雞排大亨

如果我是賣炸雞排的老闆，除了口味獨特，服務親切之外，新生活的六項原則「整齊、清潔、簡單、樸素、迅速、確實」，相信大家都背過，但是你一定不知道，這要訣用來賣雞排也一定會嘎嘎叫喲！

「整齊」就是指至少你的所有工具及設施都得讓人看起來一目了然，當然，包括器具、老闆與員工的「清潔」這是一定要的啦！有些客人就是會猶豫不決到底要吃啥，這時候你提供多種「簡單」的組合套餐，例如買超大雞排送一杯冰飲，或是來買五次就加送幾塊小雞塊等，包準他一來再來。

樸「素」，現代吃素人口多，半夜想吃宵夜的人一定也不乏素食者，

162版

誰說賣雞排就不能賣炸素食的，凡舉芋頭、青豆、香菇、玉米……，只要我多備一小鍋油來炸素的，相信也會受到愛戴的。

「迅速」更是賣熱食的要訣，讓顧客等太久，這可是大忌呢！「確實」那當然是要靠好的記憶力，哪位客人點了什麼，愛吃啥種食物，如果貼心一點，不妨多投其所好，利用客源少時，多送幾樣好吃的，或許有人吃到感動流淚都會！

3. 世界就是要笑

如果我是售貨小姐，我該效仿日本人顧客至上的精神，尤其是「笑容」！或許不必每次鞠躬哈腰，但是笑容絕對是面對客戶的最佳利器，清爽怡人的儀表，貼心的問候，加上對客戶如同家人、朋友般的關心，我想這賣的絕對不只是商品，更是誠心的關懷與永續服務。

4. 另類家教 物以稀為貴

多元入學人人想學才藝，其實，每個人都有不同的長處。例如你的運動不錯，就可以考慮做個運動家教，教師奶減重，就像健身教練，教導別人如何正確的運動；例如很會游泳，暑假教游泳也是大受歡迎。用自己最拿手的看家本領，不限英文、數學，像我以前所教的作文，其實中文家教也是一門會愈來愈受歡迎的行業，因為不只我們想學英文，等著學中文的外國人也不少。

其他諸如星座、算命、塔羅牌等的才藝呀，也是都可以去發揮的，把家教的角色擴大，做到家教多元化，你也可以開開心心教會別人又賺到錢。

5.直銷高手 地毯式搜鎖

如果我是從事直銷的人，我絕不找親朋好友下手，這樣做容易得罪大家，眾叛親離鬼見愁，可能成為大夥避之唯恐而不及的人。我會做的是地毯式搜索的進攻，找出真正需要這項產品與人的連結點，從百貨公司大賣場甚至是健身房、菜市場，都有可能成為我的據點，但是唯一要確定的事，就是你夠了解自己所推銷的產品，如果連自己都不了解，那別人又如何接受呢？

誰需要哪些種東西，你必須將心比心，找出別人的真切需求，滿足購買東西的成就感，並且付出關懷，這樣你收穫的將不只是商品賣出，還有人脈的收入。

6. 帥哥美女 有面子有銀子

外表即是天賦，我很羨慕那些老天爺給他們姣好面貌及身材的人，因為那是天生的利器，只要你好好發揮，在這仍是重視光鮮表面的時代，絕對不怕沒飯吃。不過，帥哥美女請注意，你的儀態同樣也會是眾所矚目的焦點，如果你要被挖掘，癡癡等待已經落伍了，主動出擊找各種機會，多方嘗試並努力爭取，趕緊利用你的天賦，明日巨星就有可能是你！而且擁有好看的外表，是各大服務業爭相優先願意錄取的，所以好看的人，不要太怕失業。

165版

7.繼承家業　台灣將太大翻身

如果是生長在經營傳統家業的孩子，將來可能要肩負傳承的重責大任，大可以放掉老一輩的包袱，換個角度來想，如果能將家業以企業化經營的方式來管理，甚至是請專業經理人來為你管理，捨棄一定要以血親傳承的觀念。我常在想我曾做的霹靂布袋戲與史艷文復活就是老戲新唱的最好例子，就像日本漫畫《將太的壽司》中的將太推陳出新，這個家業能夠在你手中企業化經營，發揚光大，這樣的挑戰好過癮。

8.造型理髮師　讓每個人變明星

如果我不玩創意，我就去做理髮師，真的，讓庸脂俗粉變張柏芝，嗯、有意思，讓醜女大翻身，青蛙變王子，能夠為百樣人量身定做百變造型，讓每個人賦予不同的面貌，創造真正的個人風格，若我去做造型理髮師，因為我用心，把每個人當明星，我一定會生意興隆的。

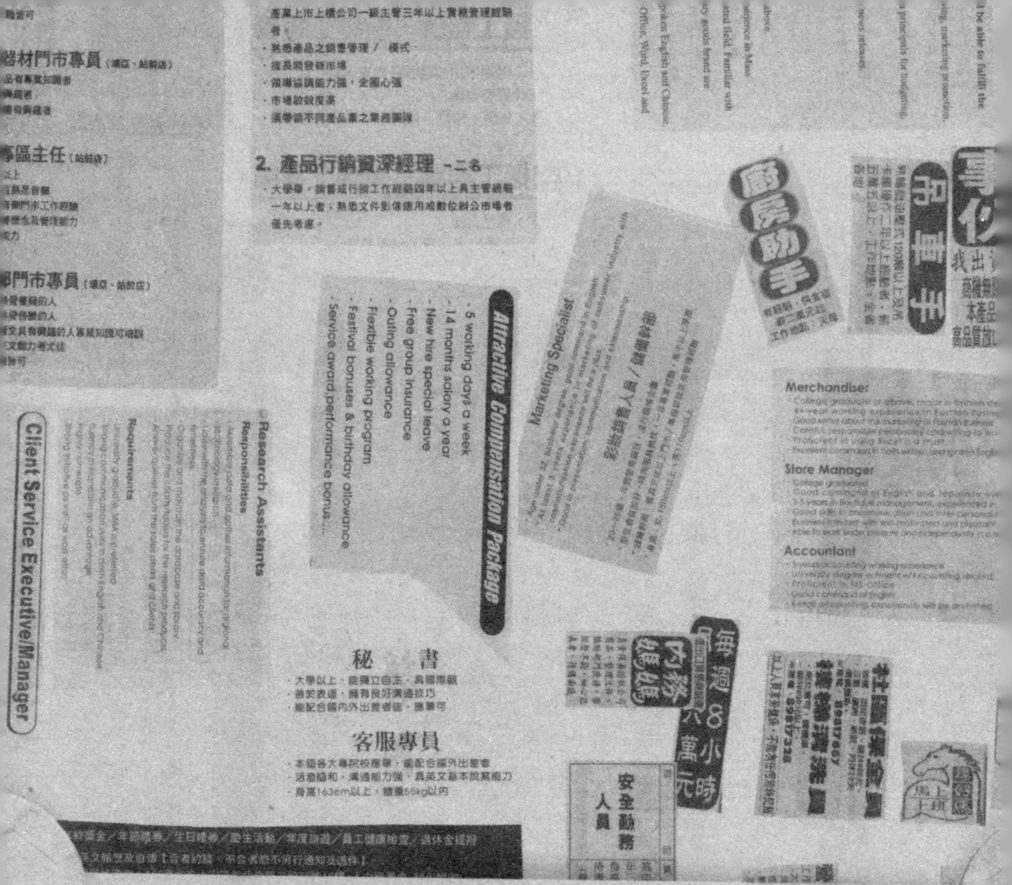

七位金牌專業經理人的用才原則

1. 台灣雅虎 總經理 鄧開蓮

金字塔理論：

金字塔分為三層

從最頂端的「知識」（Knowledge）……K

中間部分的「技巧」（Skill）……S

直到底層的「態度」（Attitude）……A

這三項要素皆是相輔相成，一個能夠具備這三要素的才是能夠勝任工作的人才，但是知識並不完全代表學歷，擁有高學歷而表現不佳大有人在，學歷並非一切判斷的根據。

2. 東方廣告 總經理 侯榮惠

有兩種極端的人我會用，第一種就是極其有耐心、耐勞耐操、任勞任怨，這種人只有要有一種特質發揮到極至我就願意用，所以不論聰明到點、頑皮到點……，只要是有特色到點的任何一個人，其實就是要有特點的人，能讓人印象深刻，非常搶眼，最好同質性不要高，有這樣特質的人都可以來；第二種是根本不要有學歷的限制，因為太多人都被學歷綁住。

3. 昱泉國際 總經理 曹約文

有特色到底！

我們喜歡用有冒險患難精神、叛逆的人，我們喜歡賭注，所以我們喜歡有冒險性格的人、有叛逆性格的人，最好可以跟老闆唱反調，因為這樣的員工才是會成長的人，我們最喜歡用的是相信自己會說、會做的人。

4. 皇家可口杜老爺品牌 總經理 周明芬

我覺得很重要的是學習跟溝通的能力，還有就是要能team work，對人要誠懇，對整個組織能夠產生信賴感，向心力要夠。

5. 星報 副社長 王安嘉

我喜歡用敢講真話的人，能跟我說「不」的人，抗壓度高，會靈活思考的人，能夠面對失敗的人，對學歷沒有限制，當自己不限制自己的時候沒人能夠限制得了你。

6. 台灣高鐵 資深副總 林天送

能夠通曉管理、具有安定性，在組織及企業文化當中能夠相容，大家能夠有家的感覺，能夠互助，在工作上耐得住寂寞，就是我要的人。

7. 中國電視公司　董事長　鄭淑敏

喜歡用、肯學，經得起失敗，趁年輕多磨練，但一定要找到自己的focus，在自己的focus中做出持續成績，堅持到底。

其實，學歷真的不是問題，我相信看了這麼多專業經理人的建議，只要是愈活愈有彈性的人，能經得起打擊的人，就能夠脫穎而出。

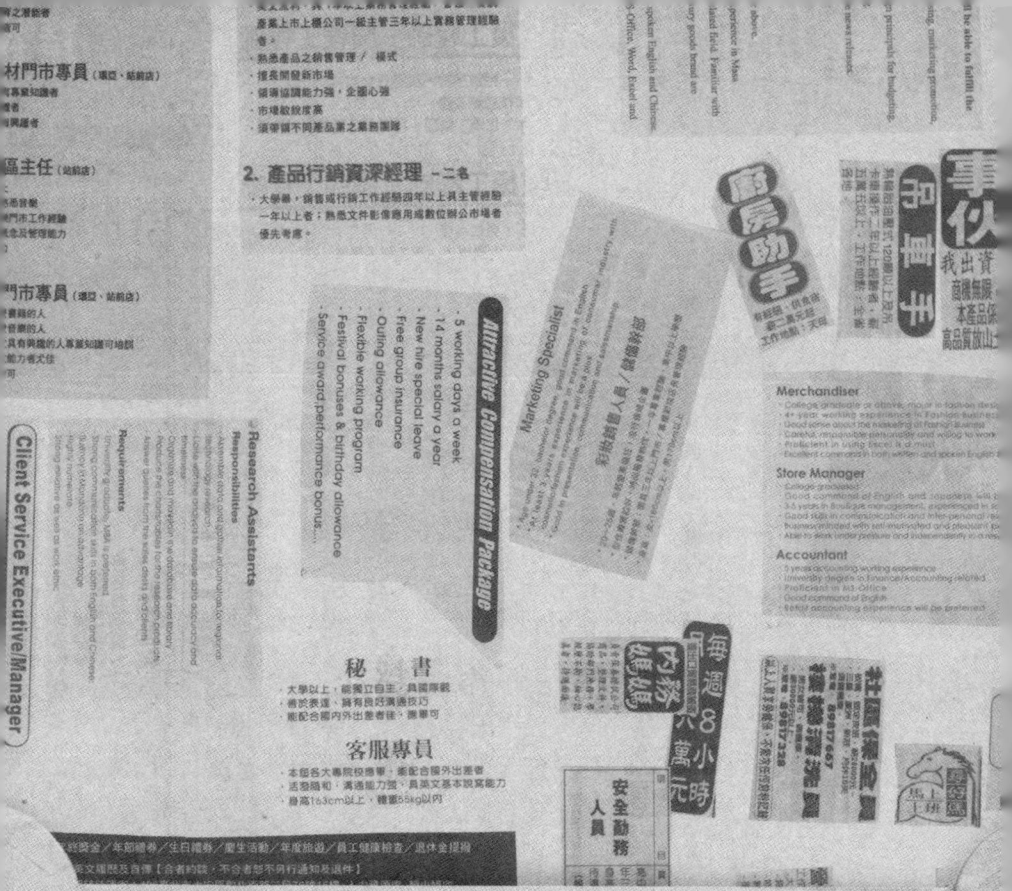
2. 產品行銷資深經理 －二名
・大學畢，銷售或行銷工作經驗四年以上具主管經驗一年以上者；熟悉文件影像應用或數位辦公市場者優先考慮。
Attractive Compensation Package
・5 working days a week
・14 months salary a year
・New hire special leave
・Free group insurance
・Outing allowance
・Flexible working program
・Festival bonuses & birthday allowance
・Service award,performance bonus...
Marketing Specialist
Research Assistants
Client Service Executive/Manager
Merchandiser
Store Manager
Accountant
廚房助手
吊車手
秘書
・大學以上，能獨立自主，具國際觀
・善於表達，具有良好溝通技巧
・能配合國內外出差者佳，應畢可
客服專員
・本屆各大專院校應屆畢，能配合國外出差者
・活潑隨和，溝通能力強，具英文基本說寫能力
・身高163cm以上，體重55kg以內
每週8小時 八萬元
內務媽媽
安全勤務人員

附錄

到底是什麼來頭？

邢維中

潘恆旭？
就是那個被奧美淘汰的不及格廣告人？
就是那個寫些奇怪報導，又半路落跑的小記者？
就是那個突然間弄出個「電台創意總監」名稱給自己的傢伙？
就是那個自稱「霹靂小子」，上的新聞比作品多的炒新聞玩家？
就是那個選戰期間，在電視上高談政治的「所謂」創意人？
就是那個空降遠流出版高層，又高空彈跳遁離的小鬼？
就是那個跟金庸、楊佩佩、馬榮成、風雲電視劇、偶像劇都能牽上關係的名字？
潘恆旭……到底是什麼來頭？
不清楚。

175版

但是，猜也知道嘛，又是一個為了出名獲利，不擇手段，擅長旁門左道，玩弄媒體炒作的狡獪小輩吧！否則，怎麼可能這麼年輕，在這麼短的時間裡，把自己哄抬成知名人物之姿，卻又讓人說不上來，他究竟屬於哪一門、哪一派，幹過哪些義行壯舉？

我不認識他，但是蠻討厭他的！

對於不認識他，卻經由媒體，而聽過這個名字的我，這是很正常的反應。因為，有關他的新聞太多，實在很刺眼，也很聳動；令人側目，也多少引起一點反胃，或是嫉妒。

相信，這樣看他的，不只我一個。

後來，我認識一個人。

到底是什麼來頭？

176版

這個人來自東港富家望族，卻勤儉親和；

這個人不隨便花錢，卻自願出錢，完成親朋好友開餐飲店的一個夢；

這個人看起來前衛新人類，骨子裡全是文化傳統的根基和尊師敬老之類的價值觀；

這個人感謝把自己開除的主管，還一直以曾經在那家公司學習為榮；

這個人重視人情甚過利益，居然讓老闆慰留了十數次；

這個人為了老人家一句承諾，和自己莫名其妙的正義感，放棄強勢陣營，幫助弱勢陣營，無端捲入別人家族的兄弟對壘；

這個人和客戶討論，情不自禁大量奉送免費的企畫想法，商品成功第一，自己收費獲利第二；這個人主動提攜後輩和同輩，說是：不想讓自己做一顆孤星，寧可培養一條銀河共閃耀。

認識了這個人之後，才發現，這個人並不是媒體建構出來的那個潘恆旭，而是一個有孩子般的微笑、重朋友講義氣、做事火速有效率卻仁厚留餘地、讓前輩們備感威脅，卻又敬重前輩們如師的潘恆旭。

他並不完美，只是擁有多元複合的個性與能力。我甚至懷疑，他可能是外星人，才能時時保持過人一等的high勁，思考快、執行快、反省快、變化快。他的確和一般人不一樣，接近他，或是開始認識他時，一定要小心。小心跟不上他的前進速度，也要小心被他身上的火光，竄燒加溫。

居然找一個默默無名的朋友寫跋，這也是他古怪的之處。

求職的要訣，可以學，但他的古怪是難學的，也不必學。

（本文作者為廣告公司資深文案）

富爸爸 窮爸爸

當我在傳播圈闖出名了，開始有流言傳出，我這麼年輕能闖出頭，因為我的爸爸是安泰人壽老總潘燊昌。我久仰潘燊昌先生已久，他是非有具有創見的專業經理人，但我們素昧平生。最誇張的是，有次上一個電台專訪，主持人開口就說：我也是保安泰人壽喔！我知道她又是在跟傳言中我的爸爸問好。

在我出來闖蕩江湖之後，幾次被商場上老狐狸咬得遍體麟傷，那時我也會想，如果我有個富爸爸，這些狐狸們一定像忠狗，乖乖聽話，不敢欺負我。但我的人情練達與智慧增長，卻是在這職場上一次次的挫折下磨練出來的。

如果我真的有富爸爸的庇蔭保護，我可能就是溫室裡的嬌花，而不是疾風中的勁草。我覺得自己是職場上的野生動物，生命力強的，抗壓力強的，被大卸八塊，也能像海星，很快就冒出來。我也有好幾次

179 版

被欺負被弄傷的經驗，也有掉過淚吧，不過很快就恢復元氣了。

剛出來做事的時候，也很羨慕那些有富爸爸的人家，至少有背景有靠山，別人不敢隨便欺負你。但在社會工作一段時日，我越來越體會關係是靠不住，實力真的是最牢靠的靠山。

有個好爸爸比富爸爸重要。好爸爸不在於窮或富，而是在於關心，在你跌倒時，好爸爸也許沒有能力扶你一把，但他比任何人都為你擔心；好爸爸雖然不很有錢，但他努力流汗工作，為了一個家；好爸爸雖然沒有留大筆財產給你，但他讓你靠自己，用自己的雙手掌握最真實的幸福。

我爸爸不富有，也不貧窮，我的爸爸是篤實的公務員，他叫潘允明。

回歸南方

知不知我的名字為什麼叫恆旭？

我媽媽說取名叫恆旭，是紀念她跟我爸爸認識在恆春的旭海。

我是黑鮪魚跟王船祭的故鄉——屏東東港人，也許是因為名叫恆旭的關係，我喜歡恆春，不是喜歡它的《思想起》跟落山風，而是喜歡恆春墾丁，夏日鹹鹹的海風，暖暖懶懶的太陽，喜歡旭海大草原，綠草如碧波，碧波連向海的曠野遼闊。

某一年生日前夕，我獨自跑到旭海，靜待黎明，等看南台灣第一道從太平洋躍升的晨曦。破曉前，只有海浪聲拍打著黑漆漆，可是旭日就是那麼神奇，它來了，黑暗就滾蛋了，它來了，世界就甦醒了。那時候，我深深懂得，那就是我的光，我就是要破黑而出的，管它曾經怎樣的黯淡陰暗，太陽總是會升起的，那是人類的生命力啊！

離鄉背井來到台北讀書、工作，不知不覺中也過了十個年頭，我也

181版

從一個屏東人變成台北人。我也在台北落地生根，在台北期待過、失落過、掙扎過、迷失過、沮喪過、得意過、頹廢過、傷心過，就這樣天天月月、點點滴滴。可是親愛的朋友，我也有幾度前途茫茫，不知何去何從，真想一走了之，離開這個台北城。但是，遇到諸多難關，我也一關又一關都闖過了；我總是自我勉勵：夜再長，太陽還是會出來的。

這本書與其說是我在炫耀這幾年縱橫職場、南爭北討的戰利品，不如說是我在這個城市裡旺盛生命力的紀實，這些年我也有幾次在暗夜裡獨自掉淚，但我會跟自己說：小潘，不哭，不哭，流完淚後，還是要打起精神喔！

我想有一天我還要回到南方，住在恆春墾丁的海邊。

早起在沙灘浪裡晨泳，悠閒地烤奶油土司夾雙蛋，

午後塗防曬油在烈陽下打盹，喝那冰透涼心的椰子水，

182版

晚上，吹著夜風，看著天空比鑽石還亮的星子，
過著懶人、廢人的日子也好。
我想有一天我會，
同樣的，
我相信你也會，
會有你的無限燦爛明天。

183版

期待後浪 來勢洶洶

被我暱稱為師父的鄭淑敏在本書的前序裡曾勉勵年輕人說：長江後浪推前浪。

其實我也不想賣弄自己是年輕，

我真的樂意被更棒的後浪席捲激盪，

我一直相信乘風破浪，唯有後浪接力勇猛，台灣才會有希望。

我想說，任何一個像我這樣被稱為少年得志的年輕人，都更該懂得敬老尊賢，而不是以年輕之名做世代鬥爭之實。

當年輕人掌握資源，更該把資源下放給更多需要的年輕人，

更應該打造一個讓中生代有願景、老前輩能安心的環境，

這是我的工作觀，也是我的人生觀。

其實你會發現我的本事是老戲新唱，

因為我喜歡不只看新人笑，也要讓老人笑，我喜歡喜新戀舊。

《求職總冠軍》這本書其實不是要教你找工作，
有了我這個前車之鑑作借鏡，
更是要提醒你，勇敢地做自己，
開創自己的路，走自己想走的，
別被傳統的框架框住你的自由，
勇敢地大步向前，
因為你終將取代我，
我也因為你取代我而開心滿懷。
台灣唯有更多更棒的接棒人一起團結努力，
福爾摩莎才能恢復美麗島的讚歎之名。
我們一起加油，
好不好？
你敢說不好，
我揍你ㄡ！

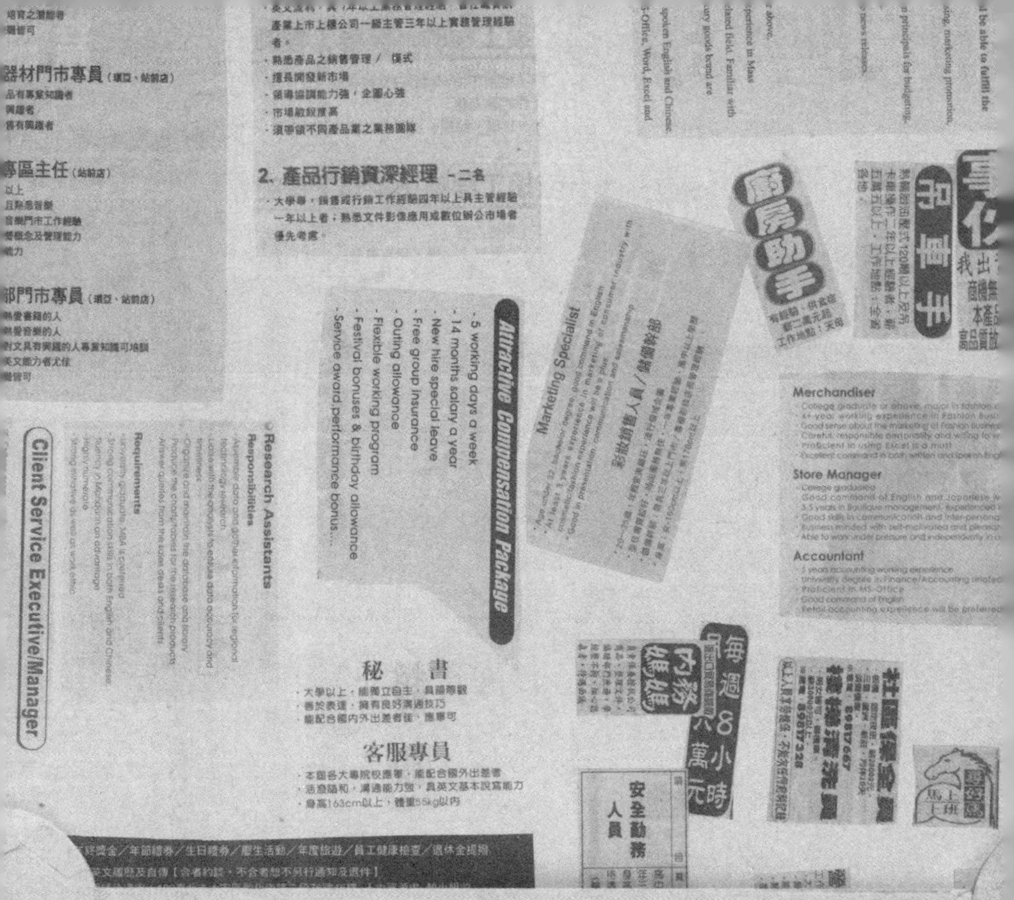
器材門市專員
專區主任
部門市專員
2. 產品行銷資深經理 －二名
・大學專，行銷或行銷工作經驗四年以上具主管經驗一年以上者；熟悉文件影像應用或數位辦公市場者優先考慮。
・熟悉產品之銷售管理 / 模式
・擅長開發新市場
・領導協調能力強，企圖心強
・市場敏銳度高
・須帶領不同產品業之業務團隊
Attractive Compensation Package
- 5 working days a week
- 14 months salary a year
- New hire special leave
- Free group insurance
- Outing allowance
- Flexible working program
- Festival bonuses & birthday allowance
- Service award,performance bonus...
Research Assistants
Responsibilities
Requirements
Client Service Executive/Manager
Marketing Specialist
彩妝銷售人員／儲備幹部
廚房助手
吊車手
Merchandiser
Store Manager
Accountant
秘書
・大學以上，能獨立自主，具備專觀
・善於表達，擁有良好溝通技巧
・能配合國內外出差者佳，應事可
客服專員
・本國各大專院校應屆，能配合國外出差者
・活潑隨和，溝通能力強，具英文基本說寫能力
・身高163cm以上，體重55kg以內
內務媽媽
每週8小時
六萬元
安全勤務人員
社區保全員
馬上上班

名片的故事

潘恆旭　1970年生

2001　年輕帝國創意傳播股份有限公司　總經理

電視企畫作品：

1.《風雲》：中視八點檔連續劇，創中視八點檔收視新高
2.《多桑與紅玫瑰》：中視八點檔連續劇，劉嘉玲主演
3.《尋找Mr. Right》：中視網路咖系列偶像劇
4.《百分百女孩》：中視網咖系列偶像劇
5.《花蝴蝶與野玫瑰》：中視網咖系列偶像劇
6.《遊戲e學堂》：中視兒童益智節目，沈春華主持

187版

2000.1-2002.1 恆星創意股份有限公司 創意總監

客戶：誠泰銀行

作品：誠泰銀行信用卡全系列作品

1.Hello Kitty卡(TVC)　2.Daniel卡(TVC)

3.史艷文卡(TVC)　4.女神龍卡(TVC)

5.台灣之子公益卡主題篇(TVC)　6.台灣之子年輕篇(TVC)

7.小王子卡(TVC)　8.笑傲江湖卡(TVC)

誠泰銀行信用卡系列入選《廣告》雜誌2000年十大行銷事件

女神龍信用卡廣告獲得時報廣告銀像獎(金融類)

客戶：杜老爺冰品系列

1.福爾摩莎 玉井情人果冰

2.曠世奇派 提拉米蘇口味 電子狗篇 (TVC)

3.翡冷翠冰沙 (TVC)

客戶：昱泉國際：

1.笑傲江湖PC Game上市系列(TVC及EVENT)

2.神鵰俠侶PC Game上市系列(TVC及EVENT)

3.風雲七武器PC Game上市系列(TVC及EVENT)

4.笑傲江湖網路版電玩上市(TVC及EVENT)

笑傲江湖為國產電玩2000年年度最暢銷電玩

神雕俠侶亦為2000年年度十大暢銷電玩

笑傲江湖PC Game入選2000年《商業周刊》十大風雲產品

客戶：台灣高速鐵路公司

作品：Taiwan's Mile Taiwan Smile

2002.4.19開始，全省巡迴主題活動

1999.2-1999.12 遠流出版專案部總監及遠流智慧財總經理

代表作：

1.李前總統登輝《台灣的主張》新書上市規畫創意

2.史艷文系列企畫及創意作品

3.金庸系列行銷創意，包括「射雕英雄宴」等

4.TVBS自製八點檔大戲：《射雕英雄傳》布袋戲版

金庸系列入選1998年《商業周刊》十大風雲產品

《台灣的主張》入選1999年《商業周刊》十大風雲產品

《史艷文》電視劇為2002年台視40周年暑假八點檔大戲

行銷建議及授權昱泉史艷文鄉土教材系列產品，為昱泉最暢銷鄉土教材

1998.6-1998.12 馬英九台北市長選舉創意總監及青年部召集人

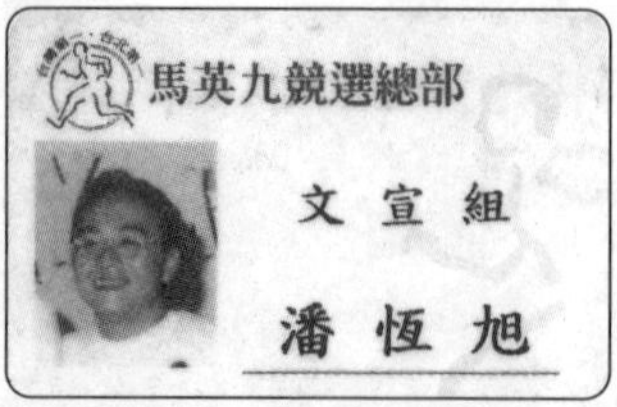

189版

1997.6-1998.5 身兼台北之音創意總監及霹靂布袋戲創意總監

製作節目：

1.《台北什麼都有》

2.1997台北市政府許願計時跨年晚會創意

3.霹靂布袋戲電影《聖石傳說》上映企畫

4.霹靂布袋戲創意行銷

《台北什麼都有》節目獲金鐘獎

霹靂布袋戲行銷系列入選《商業周刊》1997年十大風雲產品

霹靂布袋戲電影《聖石傳說》為2000年台灣年度最賣作電影前10名

1995.9-1997.6 自由時報記者

1994.11-1995.8 奧美廣告文案

1993 國立藝術學院戲劇系肄業

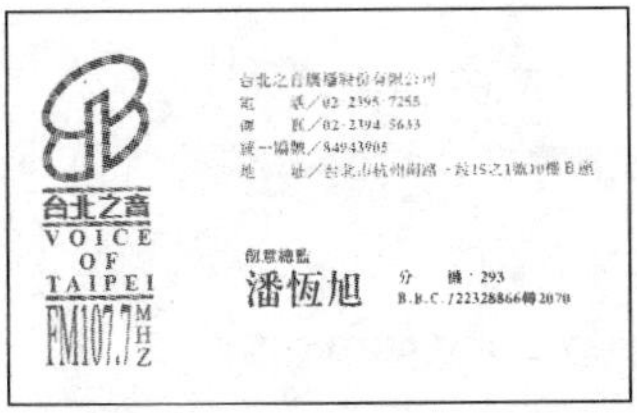

●第一屆創意創業提案大賽辦法●

找不到好工作?

職場抑鬱不得志?

何不自己改寫遊戲規則?

歡迎你試著用創意來創業

請e-mail 你的創業好點子及營運計畫

試試點亮

你的燦爛夢想

我們由

台灣雅虎總經理 鄒開蓮

星報副社長 王安嘉

城邦奇幻基地總策劃 朱學恆

清寰管理顧問資深經理 劉祖志

《求職總冠軍》作者 潘恆旭

五位E世代專家組成

初選評審團

歡迎你的猛烈踢館與點石成金創業點子

總獎金高達100萬元

2002.10.31日截止收件

提案請寄到henghsupan@yahoo.com.tw

我們將用樂意還有祝福

在你的夢裡放禮炮 放煙火

我們更相信

你我的未來不是夢

求職總冠軍

作者　潘恆旭
發行人　張書銘
總策劃　潘恆旭
責任編輯　黃筱威
校對　黃筱威 潘恆旭
出版　**INK**印刻出版有限公司
台北縣中和市中正路800號13樓之3
電話：02-22281626
傳真：02-22281598
e-mail：ink.book@msa.hinet.net
法律顧問　現代法律事務所
郭惠吉律師　林春金律師
總經銷　成陽出版股份有限公司
訂購電話: 02-26688242
訂購傳真: 02-26688743
郵政劃撥　19000691 成陽出版股份有限公司
印刷　海王印刷事業股份有限公司
出版日期　2002年9月 初版一刷
2002年9月 初版五刷
定價　200元
ISBN　986-7810-02-3

國家圖書館出版品預行編目資料

求職總冠軍／潘恆旭著. --初版，--臺北縣
中和市 ： INK印刻， 2002〔民91〕
面 ； 公分 （冠軍叢書；1）

ISBN 986-7810-02-3(平裝)

542.77 91015069

INK